Gaea

Gaea

After Sun Goes Down

日落後

長篇 09

星子——著

BARZ——插畫

日落後

角色介紹

張意

連自己小弟都罩不住、只想好好過日子的黑社會，但擁有能抵抗黑夢的結界潛力，被伊恩相中成為接班人，與「晝之光」一起行動。在幫助宜蘭古井一戰中，遭到黑摩組安迪暗算，身中鬼噬……

長門櫻

伊恩的養女，晝之光夜天使的成員，以三味線為武器。因為幼時的悲劇，聽不見，也無法說話，平時靠白色九官鳥神官與外界溝通。共患難後，認定張意為人生伴侶。

伊恩

晝之光的創辦者與首領。在黑夢結界中遇到張意，發現了張意對抗黑夢的潛能，選擇了張意作為自己的接班人。因為鬼噬咒，現在只剩下一隻手與一隻眼，無法控制清醒時間，但仍是同伴緊急時刻仰賴的救星。

摩魔火

紅毛蜘蛛，伊恩的隨身侍從，也擔任晝之光夜天使教官，自稱是張意的「師兄」。利用蛛絲操縱張意的四肢在戰場上活躍。最怕的是被封在伊恩愛刀七魂裡的老婆——雪姑。

孫青蘋

與外公種草人孫大海相依為命、目標成為私家偵探的大學生。遭黑摩組攻擊失散後，與靈能者協會除魔師奕翰及夜路同行。輾轉來到古井結界後，向穆婆婆學習操控神草。也在宜蘭與外公重逢，祖孫倆共同奮戰。

盧奕翰

靈能者協會的除魔師。體內封印著餓死小鬼，能將吃入肚子的食物轉化為施法戰鬥用的魄質，不過平時都讓小鬼沉睡著，只在必要時刻喚醒。在宜蘭古井老樹結界幫忙對抗黑夢。

夜路

作家，代表作為《夜英雄》系列。同時也是轉包靈能者協會外包案件的仲介人。體內被封著鬆獅魔與老貓魔駱有財，可以靠著這一貓一狗作戰。與青蘋、奕翰一起守在宜蘭古井。

安娜

獨來獨往的異能者，平時接受協會的外包案件、賺取酬勞。人脈寬廣、手腕高明。因為操使著一頭長髮，而被通稱為「長髮安娜」。這次接受協會委託，前來宜蘭古井老樹結界。不過她接到的真正任務內容是……

郭曉春

天才傘師。能自由揮灑從爺爺阿滿師處學得的家傳絕技——十二護身傘。
為了勸穆婆婆離開古井結界，而來到宜蘭，加入了這場大混戰。

穆婆婆

因為當年戀人葬身宜蘭蘇澳老樹古井，而隱居蘇澳、常守古井旁。雖然基本上不過問外界事情，但是黑夢大戰開打後，這口古井與老樹也成了兵家必爭之地。眾人都想勸她離開，但婆婆卻執意留在這裡……

硯天希、夏又離

硯天希是大狐魔硯先生的女兒，人狐混血的百年狐魔。小時候因為重傷，而失去肉身、被封印入夏又離體內。因緣際會，夏又離與黑摩組相遇，也發現了天希。又離與黑摩組決裂後，成為靈能者協會列管的異能者，繼續過著與天希共用身體的日子，最後捲入黑夢大戰，輾轉來到宜蘭。
雖然天希腦袋混亂，導致他們互搶身體主導權、暴走多次。但在這片混亂中，天希竟然煉成了魔體，而且藉著古井魄質幫助，與黑摩組大戰……

黑摩組

原本隸屬於黑組織四指，但經過一連串瘋狂計畫，終於掌控了四指。以安迪為首，還有宋醫生、莫小非、邵君與鴉片等，被稱為黑摩組五人，當年眾人都沒想到過這瘋狂的小組織，將會為日落圈子帶來最恐怖的夢魘。

他們以西門町為中心建立起黑夢結界，帶來了混亂與絕望。在宜蘭古井結界與穆婆婆等人硬碰硬，甚至取得了優勢，但後來遭畫之光援兵與醒來的伊恩重傷而暫時撤退。但他們並不會就此罷休……

日落後 —長篇— 09

目錄

01搬家

正午的艷陽將雜貨店周遭街道曬得金亮一片。

「忍耐一下，很快就好。」安娜微微笑地捧著妖車的臉。

妖車那當作眼睛的小圓燈和小時鐘，一個閃爍不停、一個指針亂轉。他不停哆嗦，嘴巴發出喀啦啦的聲音。

此時妖車脖子以下，仍嵌在那破爛不堪的廂型車尾端地板上，兩隻金屬怪手舉在腦袋旁邊，姿勢像是投降一般。

而妖車腦袋和雙手，以及四周地板上都貼著一張張符籙。

「深呼吸，要開始囉。」安娜像是準備替孩童打針的護士姊姊般，在妖車腦袋上輕輕一拍。

「加油呀妖車，很快就好了。」小八和英武站在妖車身旁，替他加油打氣。「放心，一點也不會痛！」

隨著安娜輕拍，妖車腦袋上符籙一張張亮起，骨牌般擴散開來，很快地他雙手和附近地板上的符籙全亮了起來。

「眞的……不會痛嗎？」妖車顫抖地轉頭，望向小八，陡然尖叫一聲：「哇——」

安娜雙手捧著妖車腦袋高高一托，將他脖子拉高了幾公分。

同時，安娜長髮也捲住了妖車雙手，還鑽入他手腕、頸際與廂型車地板的間隙裡，像是在探找什麼似地。

「好痛、好痛、好痛啊——」妖車尖叫哭喊起來。

「別怕，忍一下就過去了，你是男子漢呀！」英武和小八一左一右地用喙輕啄著妖車雙手手指。「嘎嘎，之前你不是都能自己從摩托車裡爬出來嗎？現在有安娜姊姊幫忙，應該更輕鬆才對呀……」

「找到了。」安娜雙手捧著妖車臉頰，同時指揮著長髮高高往上一扯，將妖車「全身」都扯出廂型車地板。

「哇！」「原來妖車長這個樣子呀！」小八和英武同時驚呼一聲。

只見妖車腦袋底下，是長長一截金屬構造的頸骨和脊椎，在約莫胸腔高度兩側，又延伸出幾節狀似肋骨的金屬支架，支架中央有個像是引擎的機械，彷如心臟。

而在那肋骨支架肩際，則連接著一雙金屬胳臂和手掌。

一條條奇異線路和像是油管的細管，胡亂捆繞在妖車這身金屬骨架上，有些管線像是被截斷般，不停滴漏出黑油。

「啊呀，他死掉了！」小八見妖車腦袋歪斜且沒有反應，嚇得尖叫起來。

「不，他只是昏過去了。」安娜搖搖頭，以長髮拖著妖車金屬身軀後退幾步，從桐兒手中接過乾淨抹布和剪刀、起子等工具，替妖車清潔骨架、剪開纏死的線路、封住正在滴油的管線，跟著再在他金屬軀體上貼上一道道新符。

「這法術我以前見識過幾次，是印尼一個天才技師兼異能者發明的把戲，能結合魂魄與機械，挺有趣的，想不到黑摩組連這技術都弄到手了……」安娜捧著昏死的妖車金屬身軀走到車頭處。

那廂型車前擋風玻璃早已破得一乾二淨，引擎蓋敞著。引擎室裡各處構造在先前接二連三與惡鬼凶徒們大戰下損壞嚴重，許多器械和零件已經失去功能，這廂型車後來仍能勉強行駛，可都是靠著妖車的力量在驅動四輪。

只見那破爛不堪的引擎室裡，已事先清空出一小塊空間，以符籙貼出一個圈圈。

安娜先施法使那符陣圈圈發光，再捧著妖車，將他胸腔下方那截短短的脊椎末端對準符陣中心，將整副金屬身軀埋入那閃閃發亮的符陣，讓他只露出半顆腦袋，再在他腦門貼上一張符。

「快快快，動作快。」安娜拍著手繞到雜貨店側面巷弄，只見那兒也停著一輛小卡車，車斗上滿載著家具和一箱箱行李。

穆婆婆那些老鬼朋友們，此時正在雜貨店裡外忙進忙出，將一箱箱雜物打包，快速搬出雜貨店，往小卡車上堆放。

「那妖車還能動嗎？」夜路和盧奕翰也提著幾大袋行李往小卡車上堆，他們見安娜在兩條巷子裡指揮著鬼朋友們打包行李、整修妖車，便問：「滿街都是車吶，隨便弄幾輛來……雖然不告而取，但是現在大概也沒人會跟我們計較了……大不了讓協會善後囉。」

「是你們不識貨，那玩意兒好用極了，可惜我當時不在場，否則也想逮幾隻寄生魂改造一下，裝進我的機車裡，簡直如虎添翼。」安娜挑著眉說。

「那鬼東西眞這麼好？」盧奕翰和夜路將行李扔上小卡車後，來到雜貨店正門巷弄，見到那廂型車，哇地怪叫一聲。

此時廂型車上方後半段，竟堆著一個古怪的加蓋車廂，那加蓋車廂簡陋得連黑夢裡那加蓋怪樓都比不上，只是用幾片不知從哪找來的木板和鐵皮，隨意堆築拼湊出一個歪歪斜斜的方形廂體，像是中學生做壞了的勞作一般。

而廂型車上方前半段，則圍著一圈約莫三十公分高的瓦楞紙板牆，儼然是那加蓋車廂的外陽台。

「這……什麼鬼東西啊！」夜路攤手怪叫，他見那廂型車車尾那破爛不堪的兩扇後車門已被卸下，扔在一旁，而上方那加蓋小怪屋尾端也全無遮蔽，只豎著一道以曬衣竹竿紮成的破爛梯子，連結著上下兩層車廂。

「等等……」盧奕翰瞪大眼睛，縱身一躍搆著車頂，引體向上探頭往那二樓加蓋車廂裡瞧，只見這尚不足一百二十公分高的加蓋車廂裡空空如也，前頭鐵皮牆上有個小門般的破口，通往那圍著紙板的小陽台。

他見一旁的長梯兩支長竿是曬衣竹竿，中間一截截橫桿則是壓扁了的鐵衣架，且竟然是以膠帶固定。他忍不住伸手抓著長桿晃了晃，將整個竹梯晃得歪了。

「奕翰，梯子被你弄壞了啦！」萍兒從那加蓋廂體上方探頭下來，氣憤地朝著盧奕翰大罵，梨兒也探頭下來幫腔，她們手上都拿著剪刀和膠帶，像是在那二樓加蓋的廂體上方忙著建造其他工事。「我們做了好久才做好這條梯子耶，你來搞破壞呀，混蛋！」

「別緊張。」安娜走到瞠目結舌的盧奕翰和夜路身旁，輕鬆地說：「這些結構都只是暫時定位而已，等妖車醒了，你們就知道了。」

「等他醒？他現在在睡？」夜路這麼問，順手敲了敲車尾地板。

「貓狗人，妖車搬家了。」小八振翅飛著，興奮地說：「他搬到前面了，他以後不用倒車開了。」

「什麼？」盧奕翰和夜路聽小八這麼說，一齊繞到車頭，只見妖車埋在那引擎室裡，露出半顆腦袋，當眞隱約發出鼾聲。

「妳眞幫他換了座位？」夜路不解地問著安娜：「既然能換位置，爲何不乾脆弄輛新車？這破車都快解體啦……」

「怕他一下子不習慣。」安娜解釋說：「他好歹在這輛車裡待了好一陣子，幾乎把這輛車當成自己的皮肉骨了，要是現在換車，他大概又得花上十天半個月適應。」

「讓開、讓開，搬新家啦——」孫大海的吆喝聲自雜貨店裡發出，他渾身沾染污泥，雙手各捧著一株一公尺高的小樹，小樹根部是籃球大的土堆，以尼龍繩子簡易固定著。

青蘋也捧著一團土堆跟著孫大海走出雜貨店，她懷中那土堆上還生著一截小小的黃金葛枝芽。

這些植株下的土球，可是孫大海扒開古井土堆、向下深掘取出的珍貴井土。

同時，雜貨店二樓小窗揭開，郭曉春探出身子、坐上窗沿，將十二手傘組裝起來，張傘招出十二手鬼，跟著從身邊的阿毛口中接過一把把傘，往窗外那十二手鬼手上拋，讓十二手鬼接著傘後張開。

只見熊仔、虎仔、悟空、文生一個個自傘裡躍出，卻又從屋外攀回了窗裡，不知在忙什麼。

這頭，孫大海捧著兩株小樹來到廂型車旁，左顧右盼，見安娜指指車頭，退遠幾步甚至踮起腳來，望著廂型車那加蓋二樓車廂，以及前頭的小陽台，訝然地問：「妳要我把樹種在車頂上？」

「是啊。」安娜說：「你不是說你這神草能大能小，且只要一點點土就能移株嗎？」

「是沒錯，但……」孫大海不解地說：「種在車頂幹啥？而且……這爛車還能發動嗎？這什麼怪模樣？」

孫大海還沒說完，便聽見廂型車發出了陣陣引擎聲響。

「啊！」「妖車醒啦！」小八和英武欣喜叫著，飛去車頭蓋，朝著自引擎室裡那符陣中緩緩探高腦袋的妖車喊：「你醒啦？」

「這裡是……哪裡呀？」妖車搖頭晃腦，望著四周破破爛爛的引擎室，又微微仰頭看著站在引擎蓋旁的小八和英武，說：「我們……我們已經到了，你們說的什麼……什麼封鎖線了嗎？」

「當然還沒呀。」「我們在等你醒來，才能載我們去呢。」小八和英武齊聲說：「我們這麼多人，沒有你開車，怎麼去呀？」

「什麼？我……」妖車不解地問：「這是哪裡，開車？我看不見路呀……」

「借過一下喔。」安娜走到車頭，揮手驅開小八和英武，望了引擎室裡的妖車一眼，跟著將引擎蓋蓋上，伸指在引擎蓋上敲了敲。「試著鑽出來瞧瞧。」

「嗯、咦？」妖車呢喃幾聲，喀啦啦地將腦袋探出引擎蓋。

安娜側過身子，伸手引著妖車視線指向前方道路。

「嗯？這是……」妖車呆了呆，像是一下子還搞不清楚狀況，小八和英武飛在妖車腦袋旁用爪子扒著他腦袋，像是在逼他轉頭一樣。「快回頭看看你後面。」「看看你現在在哪兒？」

「呃……哇！」妖車被兩隻鳥強迫回頭，見到駕駛座，先是驚呼一聲，跟著轉回正面，瞧見前方巷道。再跟著他前後來回張望了好幾次，這才尖叫一聲，說：「我的後面是駕駛座，所以，我現在正對前方，我能看路了呀——」

「是啊！」「現在你不用倒著開了！」小八和英武哈哈笑著，一個站在方向盤上，一個站在歪斜的雨刷上——這廂型車的前擋風玻璃，甚至是所有車窗玻璃，早碎得一乾二淨，兩隻鳥能從廂型車的窗戶自由進出。

「哇！我……我能正常開車啦！」妖車像是中了高額彩券般歡呼起來，轟隆隆地發動引擎就要駛動。

「慢著、慢著，你冷靜點。」安娜連忙伸手按著車頭，瞪著妖車。「人都沒上車，你想開去哪？」

「哇！屋子要垮啦……」梨兒和萍兒自上方加蓋車廂頂端探頭往下尖叫。

「是啊……是啊……」妖車連忙煞車，左顧右盼問：「對不起，新主人們……是我不好，我一時開心過頭了……你們有多少人，要上哪去呀？」

「你做好心理準備，我們人可不少喲。」安娜嘿嘿笑著，雙手按著引擎蓋，對妖車說：「你別急也別慌，一步一步來，乖乖照著我的話做，知道嗎？」

「知道！新主人。」妖車閃動著兩隻怪眼睛望著安娜，還忍不住說：「新主人，妳……妳好美麗，而且，妳比我那些舊主人溫柔好多呀……」

「眞是誠實的孩子。」安娜摸了摸妖車腦袋，說：「首先，我要你使用你的能力，把整輛車子重新檢查一遍，你認得這輛車的模樣嗎？」

「是！」妖車點頭如搗蒜，跟著小怪鐘眼睛那指針飛快旋轉幾圈，說：「我……我當然認得這車子呀，它就像是……就像是我的身體，可是、可是，怎麼……」

「怎麼有點不一樣了，對吧。」安娜說：「那是因爲呀，我們人數太多，你的後車廂不夠坐，我們正在想辦法，把你從小車改造成大車。」

「變成……大車？」妖車眼睛閃閃發亮，說：「像是、像是……」他遲疑地講出幾個所有人都沒聽過的名字，那是先前那些混混車隊裡一些大型貨車、連結車、貨櫃車的代號。「和他們一樣大的大車？」

「那些怪車太粗暴了，別學他們。」安娜笑著說：「你乖乖聽我指揮，讓身子生出鐵架，一步一步讓自己變成大車，知道嗎？」

「是……新主人。」妖車這麼說，跟著，在安娜指導下，妖車在車頂和車身四周，生出一截截金屬支架，將疊在車頂上的鐵皮車廂捆牢固定，還在那加蓋車廂頂端又造出一圈矮圍欄，彷如三樓小露台；跟著，一支支鐵條捲上車尾的簡陋長竹梯，將原本搖搖晃晃的竹梯捆得堅固牢靠；車頭前端則生出了巨大凶悍、如同牛角般的防護保險桿。

「哇，這怪車原來這麼大本事！」孫大海循著長梯攀入那加蓋車廂，只見這加蓋車廂天花板雖低，但還算寬敞，能容四、五個人盤腿坐著。

他從加蓋車廂前方的小門，走至前端那小陽台，只見本來那以瓦楞紙板圍成、僅約莫兩個駕駛座位大小的區域，此時已被妖車以鐵支圍成一圈緊密嚴實的矮籬笆，當真像座迷你陽台，令他欣喜嚷嚷起來：「真是好玩！青蘋，從這兒把樹捧給我！」

青蘋捧起腳邊那株百寶樹，在駕駛座旁高高舉起，要遞給踩在車頭上的孫大海。

「全堆在左邊喲，右邊空出一塊空間。」安娜踩上右側車門邊一處妖車以鐵支造出的臨時台階，檢視著車頭小陽台，說：「至少留下一個座位的空間。」

「什麼？爲什麼全堆在左邊？」孫大海接連自青蘋手上接過百寶樹、黃金葛，以及那株古井大樹縮小後的植株，將之並排在小陽台左側。他正想多問，便見到在安娜指揮下，小陽台右半邊堆起一處約莫三十公分高的金屬平台，周圍且還豎起一面更高的金屬籬笆牆，將整個小平台包起來，只留下一扇能夠供人側身進出的窄門，和一面對外小窗。

而那堆高的小平台上，則陷下一個凹坑。

「哇，妳要把廁所蓋在車頭上呀！」孫大海見這小陽台右側的金屬籬笆圍牆上，還蓋了一片斜斜的鐵皮屋頂，再見到平台上那凹坑，立時知道這單人座位大小的窄小空間，其實是間廁所。他急急地說：「就這點大小……屎尿很快就滿出來了吧。」

「放心。」安娜哈哈一笑，長髮飄動，伸指在那凹坑中比劃著。「別看空間小，讓我造個結界糞坑，至少能裝下整車人一個禮拜的份量。」

「哇──」孫大海感到腳底微微發出震動，見腳下車頂處又伸出幾支金屬小管，他瞥了瞥腳邊三個土堆，拍手驚呼一聲：「這主意好極了！神草們可不怕餓著了。」

盧奕翰和夜路還沒搞清楚站在車頭上的孫大海究竟在開心什麼，便見到剛剛自傘裡躍出、又攀回屋裡忙的傘魔悟空，揹著鐵棒走近窗邊，鐵棒上還挑著兩個塑膠袋，他對著坐在窗沿上的郭曉春行了個禮，跟著將兩個塑膠袋往下一拋。

樓下化作人形的阿毛接個正著，幾步奔到車頭高高舉起，遞給孫大海——

原來郭曉春召出的那隊傘魔，此時正在雜貨店結界裡排成了長隊，接力從古井庭院裡運土出來。

「好！多來點！」孫大海接著那袋子，立刻將裡頭滿滿的古井泥土往腳下倒。

只見悟空接連從窗裡拋出更多泥土袋子，讓阿毛運給孫大海，孫大海將一袋一袋土往腳下堆，只感到奇怪，這僅能容一人站著的小空間、矮矮的小籬笆，卻像是怎麼也填不滿般，他抬頭四顧，見自己竟矮了一截，彷彿整個人踩進駕駛座裡，嚇得驚呼一聲，便聽見安娜的說話聲音：「別擔心，再多運點土過來，裝得下。」

孫大海這才知道，安娜在車頂造糞坑結界的同時，也以結界緩緩增加這小陽台的深度，使小陽台能夠填進更多土，讓神草的根埋得深點，讓樹長得更高、更穩。

「老孫，聽說英武跟小八是你特別育出的神奇小鳥，能夠提供營養的肥料，那麼……你必然懂得一些消除氣味的手段吧？」安娜攀上廁所頂部，躍到那圍著欄杆的加蓋車廂頂部小露台。

「這有什麼難。」孫大海拍拍胸脯，說：「我那百寶樹能生出除臭果，效果一流。」

「哦……」安娜聽孫大海這麼說，滿意地朝著郭曉春揚了揚手。

郭曉春晃了晃十二手傘，召回那些負責運土的傘魔們，收去一把把傘。

「原來妳是擔心氣味，才弄來那麼多土。」孫大海哈哈笑著：「我以爲妳想讓大樹長得高點，在路上也能遮陽呢。」

「你能讓大樹長多高？」安娜倚著車頂露台欄杆問。

「養分夠的話，長上天去都不是問題，但就怕壓壞這妖車……」孫大海蹲在小陽台的土堆上，調整三株神草位置，他將古井大樹種在中央，將百寶樹和黃金葛種在兩側角落。他捏著古井大樹施咒半晌，只見大樹倏地竄高，樹圍也一下子寬闊許多。

「老兄，我雖然沒見過你，但我欽佩你是個漢子。」孫大海拍著樹身，像是與多年老友說話一般。「昨晚多謝你啦。」

「老孫，你在跟爺爺說話呀？爺爺不會說話，爺爺只對婆婆的話有反應。」小八開心地飛到那重新長高的古井大樹樹梢上，踩上一截樹枝，見到那樹枝隨著大樹拔高而升高，開心地亂叫起來。

古井大樹的樹頂長過了加蓋車體頂部的露台，在孫大海施咒控制下，樹身微微往露台傾斜，還生出樹枝糾纏著露台欄杆，讓樹蔭覆蓋住車頂露台大部分範圍。

盧奕翰和夜路抬頭望去，只見那加蓋車廂的車頂高度，便已超過三公尺，而那種在車頂上的古井大樹，樹梢最高處，則將近五公尺高。

同時，孫大海爲了小陽台的節省空間，還施咒讓那百寶樹本來木質枝幹化爲軟藤，與黃金葛莖藤一齊纏上古井大樹樹身，在枝幹上結出一顆顆小果和一片片心形葉子。

「穆姊醒來，見到這大樹模樣，應該會很高興吧……」孫大海踩了踩腳下土堆，朗聲笑著，又伸手拍拍大樹樹幹。

「高興……是嗎？」底下的夜路和盧奕翰、青蘋相視一眼，都吐了吐舌頭——

□

五、六個小時前，黑摩組撤離後不久，太陽便出來了。

由於伊恩在眾人身上施展了引流奇術的緣故，在古井魄質加持下，所有人經過了一夜大戰，也不覺得疲累。

晝之光成員們分出了大部分人力，接替穆婆婆那些鬼朋友駐守在雜貨店周邊，監視著遠處黑夢動靜。

黑夢在雜貨店數公里外，築起了高聳參天的漆黑巨樓群，像是在積蘊能量，等待時機再次壓境一般。

安娜則帶領著夜路和盧奕翰借用穆婆婆那大廚房，替大戰一晚之後的夥伴們，準備了豐盛早餐。

然而接下來的早餐時間，可讓盧奕翰和夜路，乃至於青蘋、孫大海，吃得膽顫心驚——

首先，在紳士和伊恩輪流說明，以及穆婆婆偶爾補充下，所有人對這古井的力量有了更進一步的認知——那就是昨夜一戰，大夥兒仗著古井加持所展現出的戰力優勢，在後續可能發生的戰鬥裡，作用會逐漸降低，甚至難以重現。

「各位，我打個比喻好了，好比一座水庫裡的水，又或是各位銀行戶頭，裡頭的水和錢，都是日積月累囤積而成，並非無窮無盡。」紳士當時這麼說：「一座水庫，如果出水量超過了進水量，那麼水庫的水位便會慢慢下降，我們昨晚一戰消耗的魄質囤量，已經遠遠超過了井底那天然魄質的產生速度。如果敵人持續凶猛進攻，甚至全力催動黑夢強行壓境，這口古井裡的魄質囤量，遲早會被消耗殆盡……或許一個月，或許三個月，也或許更短……總而言之，我們得認清一個事實，這如此珍貴的資源是有限的。」

所有人都不反對紳士的論點。

但接下來，大夥兒的意見出現了分歧。

首先是紳士與伊恩。

「夥伴們，我們得調整一下計畫，想辦法通知清原長老和淑女，以及幾位敢死隊長，要他們暫緩進攻……」伊恩的聲音聽來疲累而沮喪，儘管有著古井魄質加持，但他那斷手獨目昨夜至今一直未曾闔眼，即便惡戰結束，他也持續花費心力壓制張意體內那蠢蠢欲動的鬼噬。

伊恩此時占據了摩魔火平時的「座位」，五指大張地扒著張意腦袋，七魂則讓雪姑銀絲捲繞在張意身子，讓他揹在後背；而也由於雪姑，平常喜歡高談闊論的摩魔火，此時縮小身體、抱著張意拇指，像是只戒指般一動也不動，大氣也不敢吭一聲。

而張意的臉色雖然不像剛捱上鬼噬時那樣駭人可怕，但也淒慘得如同活屍，半夢半醒地歪著頭，讓一旁的長門挾菜餵他，再由雪姑控制他嘴巴張闔咀嚼、咽喉吞嚥，痴痴呆呆地進食著。

按照先前計畫，紳士等人攻下古井之後，爲了替自三重出戰的淑女一路人馬爭取更多時間，他們得盡快對安迪等人發動追擊，以拖延安迪回防黑夢核心的腳步。

但在大戰最後一刻，張意身中鬼噬，伊恩必須耗費全部的力氣來鎮壓鬼噬，而無法親赴戰場對決安迪等人。

「在原始計畫中，我們本來就沒有將伊恩你視爲行動成員，現在的一切行動，和當初我們的規劃，幾乎沒有分別。」紳士淡淡地說：「我會帶領大家狙擊安迪後背，逼得他們不得不停下腳步，轉頭全力對付我。」

「就算有古井魄質，就算有那些貘，就算你結界功夫一流，還是需要一把近戰利刃，否則太危險了……」伊恩這麼說：「那些傢伙可不是靠結界就能對付的角色。」

「近戰利刃？」紳士淡淡一笑。「不就是陳碇夫。」

「陳碇夫不會聽你指揮。」伊恩說：「他是兩面刃。」

「兩面刃也是刃呢。」紳士收起笑容，認真地說：「如果我們不按照計畫執行，會危害到淑女他們那頭的行動，對我而言，這比世界末日還嚴重。你再囉嗦，我們先來打一架好了。」

「讓我親自和清原長老對話，我來說服他。」伊恩說。

「就算你說服得了清原長老，我說服了淑女，但拉瑪伸、龐克、瑪麗他們不可能再等下去……他們各自都有摯友在黑夢大牢裡等著救援──雖然那些朋友，我們昨晚已經見到其中一部分了……而一旦敢死隊長們按照計畫進攻，清原長老和淑女當然也不可能捨棄他們。」紳士搖搖頭。「況且，地底那些貘已經逐漸甦醒，一隻隻按照計畫挖洞。黑摩組會逐漸警覺到我們的計畫，或許只有這麼一次深入黑夢核心、直刺他們心臟的機會。伊恩，這像是一台巨大機器的運行，不可能說停就停。你若真想幫忙、又不想拋下這蠢小子，那麼就請你用最快的速度，讓那些協會廢物帶你去他們的中部基地，找一位少數不是廢物的美麗女士，請她幫這小子取出身體裡的鬼噬——我聽說她已經來到台灣一段時間了。」

「我明白了，紳士，萬事拜託了……或許我沒有說這種話的資格，但如果遇到麻煩，盡量撐著一口氣，我會盡快回來。」伊恩嘆了口氣，閉上眼睛，不再說話，專注壓制張意體內鬼噬。

「好了，老大睡了，那這裡就聽我說話了。」紳士點點頭，微笑地捏了捏鬍子，跟著在桌上敲了敲，敲出一個立體景象，那是距穆婆婆雜貨店數公里處的黑夢建築群立體影像。他說：「我現在對這些獏造出來的擬黑夢，操作得越來越熟練了，熟練到我自己都感到驚訝……總之，我能夠透過我們沿路滲入黑夢的擬黑夢，大致掌握安迪那些人的位置——他們顯然並不打算撤退，現在待在——這裡。」

紳士捏著鬍子、閉眼三秒後，指著那立體景象其中一棟黑夢怪樓，說：「我猜他們現在大概在舉行檢討會議吧，如果我是安迪，會狠狠把那些笨蛋們教訓一遍，然後決定撤退或再度進攻；然而不論他們決定如何，我們都得立刻反應——他們走，我們就追；

他們攻，我們就守。」

「而如果他們暫時按兵不動，那更好，陳碇夫還要幾個鐘頭才能恢復力氣；而淑女那邊大約再過十二個小時就會正式行動，如果這段期間，安迪他們沒有動靜，我們日落之後主動出擊。各位，有沒有問題？」

「沒問題！」吳楓第一個舉手附和。「昨晚夜天使夥伴們受到的苦，今晚就讓他們來還！」吳楓說得義憤填膺，彷彿已經將自己當成夜天使一員，此時她的白繩還纏在身上，在背後打了個蝴蝶結，隨時能夠豎成閃電骨翼形狀。

「所有人都沒問題，那就只剩老太婆有問題了……」穆婆婆用筷子敲了敲桌面，冷冷地望著紳士。「你們進老太婆的家、坐著老太婆的桌椅、吃老太婆的飯，這些都不打緊，但你們想接管老太婆那口古井，用井裡的力量進攻那些傢伙……問過老太婆沒有？」

「穆女士，恕我直言。」紳士像是早已料到穆婆婆會有意見，他說：「過去我們的人，或者協會成員，都曾出力守禦過這口古井，是因爲我們不希望有人用古井的力量來作惡；而如今我們動用古井力量，是要對付黑摩組那些傢伙——我想這並不需要經過任何人的同意，那口井，並不是任何人的私有財產。」

「哦？」穆婆婆眼睛瞪大，不悅地說：「你守過這口井幾次？協會又守過這口井幾次？老太婆守著這口井，一守就是幾十年，這輩子都住在這兒了；現在這口井、這間破店，突然變成公共廁所，誰都能進來拉屎啦？我告訴你，老太婆不吃你們這一套，你們在老太婆家裡，做任何事都要經過老太婆同意。就連你們現在吃的飯，都是老太婆打賞的，你們趕快吃完，通通給我滾蛋，誰也別想動我那口井和那棵樹！」

與紳士同桌的晝之光成員，個個大氣也不敢吭一聲——穆婆婆過去與協會淵源深厚，算是台灣日落圈子裡的大前輩，紳士則是英國乃至於全球日落圈子裡的大前輩，兩位大前輩意見不合，一干晚輩自然不敢吭聲。

「東一句老太婆、西一句老太婆，妳這老太婆有我這老太婆老嗎？」晝之光成員裡那盲婆婆倒是不太給穆婆婆面子。盲婆婆雖然出道得晚，但年歲也不小，臭脾氣更是不輸穆婆婆；她微微仰頭，翻著灰白瞎眼，朝著穆婆婆的方向說：「要不是我們千里迢迢來這裡救妳這口井，黑摩組早占了妳這破店、砍了妳那老樹，就算我們之後要搶井，也是從那些傢伙手上搶，還輪得到妳在這裡擺架子，搞不清楚狀況呀？」

「不對、不對，貓狗人說過，從台北車站到婆婆雜貨店，又不到一百公里，什麼千里，妳不要騙人喔！」小八在穆婆婆頭頂亂飛、幫腔叫囂，還對著長門肩上的神官喊話：「喂！超大型白文，你們婆婆腦袋壞掉了，她連距離都搞不清楚，你快帶她去看醫生。」

「我說最後一次，我不是白文鳥，我是九官鳥！」一向安靜的神官，早在古井庭院大戰時，就注意到那先前曾與他在華西夜市交手過的英武，且身邊還多了隻小八。大戰結束，神官儘管不時聽見英武和小八嘰嘰喳喳地講他壞話，也不計較，始終靜靜伴著長門，但此時聽小八當著眾人的面喊他白文，忍無可忍，終於開口：「你這八哥，連鳥類品種都搞不清楚？」

「白色的九官鳥，誰搞得清楚？」英武哼地插嘴：「世上哪有這種東西！」

「現在到底誰在和誰說話？」盲婆婆眼睛看不見，聽小八這麼說她，可氣得要翻臉，但又接連聽見神官和英武開口對話，且話題內容變成了鳥類品種，一下子也搞不清究竟是誰和誰在對話。

「好了好了……」安娜堆著笑臉起身，來到穆婆婆身邊，替她捏頸搥背，打起圓場說：「各位晝之光的朋友，婆婆也不是捨不得讓你們用那古井魄質，但不論如何，這個地方怎麼說也是穆婆婆住了幾十年的家，不是你們的作戰指揮部，你們怎麼也得尊重一下主人呀……」

「啊呀，都忘記廚房裡還有煮湯圓呀——」夜路突然啊呀一聲，猛地站起，往廚房奔去，一面大聲嚷嚷：「說來說去，都是那些無能協會廢物惹的貨，讓這麼多人替你們擦屁股收拾善後！喂，協會廢物，幫忙呀！連端湯圓招呼客人都不會，你們這些廢物到底還會什麼？」

「……」盧奕翰翻了個白眼，卻也沒說什麼，趕忙起身跟進廚房幫忙。

半晌後他倆一前一後走出廚房，盧奕翰端著一個大鐵鍋、夜路捧著一疊碗，來到穆婆婆那主桌，夜路替眾人分碗，盧奕翰揭開鍋蓋，裡頭是熱騰騰的湯圓。

「吃個湯圓討福氣，吃飽了同心協力打黑摩組；黑摩組那些傢伙，可沒有湯圓吃。」夜路打著哈哈，和盧奕翰一個托碗一個盛湯，盛了滿滿一大碗湯圓，放在穆婆婆面前桌上。

穆婆婆冷冷瞪著夜路，一動也不動。

「呃……呵呵呵呵……」夜路讓穆婆婆的眼神瞧得猛地打了個冷顫，趕緊推了推盧奕翰，嬉皮笑臉地替紳士等人盛裝湯圓。

盧奕翰笑著對穆婆婆說：「婆婆，湯圓趁熱吃呀，涼了就不好吃了。」

穆婆婆緩緩將碗拉近，捏起湯匙伸進碗攪了攪，舀起一顆湯圓端近嘴旁，卻沒張嘴咬，而是挑高了眼瞳盯著夜路和盧奕翰。

「嗯，呵呵……」盧奕翰露齒微笑，連嚥口水。

「你們兩個小子，想打什麼鬼主意？」穆婆婆喝了一聲，伸手在桌上重重一拍，發出有如猛虎般的厲吼：「這是協會的意思嗎？」

摺疊桌被穆婆婆一拍，轟隆裂垮，一大鍋湯圓連同桌上飯菜碗盤全砸灑一地，整個用餐廳堂四面牆壁與地面都為之震動。

包含紳士在內，所有人都讓這穆婆婆這凶猛反應嚇得站起身來——穆婆婆此時可不只是憤怒而已，全身還發出濃烈殺氣。

所有人裡，唯獨昏沉失神的張意無法反應，長門仍在第一時間托著他的胳臂，將他拉得遠些。就在大夥還沒來得及驚呼時，便見站在穆婆婆背後的安娜長髮陡然竄長，緊緊捲住穆婆婆四肢。

同時，她飛快取出一支針管，俐落扎進穆婆婆頸子。

盧奕翰和夜路像是早有準備般，一左一右撲近穆婆婆身邊，緊緊抓住穆婆婆胳臂。

「你們——」穆婆婆怒眼暴睜，像是正要爆發，但安娜那支針管閃動著奇異符光，裡頭的藥液注入穆婆婆體內不到兩秒便發揮了效力，穆婆婆那聲怒吼才剛發出，聲音便瞬間轉弱，跟著她垂下頭、失去知覺。

「呀！你們對婆婆做了什麼？你們為什麼……」小八正要驚叫，便被安娜甩來的長髮牢牢捂著嘴巴捲至胸前。

「別擔心，婆婆只是累了，睡一會兒就沒事了。」安娜將針管殘餘藥液擠在指尖，輕輕在小八喙上一抹，小八立時也呼呼大睡起來。

安娜拍了拍小八腦袋，像是戴著項鍊般讓小八躺在自己胸間，跟著替針管戴回針套，對著長門揚了揚，將針管朝她拋去，說：「紳士說的沒錯，你們到了協會，找那位少數不是廢物的美女醫生，她應該能幫助你們那位朋友。這支針裡的安眠符藥，就是我請她替我調製的。」

長門接著那針管，左右瞧瞧，向安娜點了點頭。

「大姊呀，妳有這東西不早點拿出來，想讓穆婆婆恨死我們呀……」夜路和盧奕翰同時怨懟地望著安娜，盧奕翰口袋裡還滾出了支小瓶子，裡頭裝的是先前從藥局搜刮而出的強力安眠藥——他們不敢在穆婆婆面前下藥，而是躲進廚房，將事先磨成粉的安眠藥抹在穆婆婆那只碗裡。「穆婆婆鼻子這麼靈，連安眠藥也聞得出來。」

「不是穆婆婆鼻子靈，是我告訴她的。」安娜嘻嘻一笑說：「我在替她搥背的時候，提醒她留意你們兩人舉動。」

「什麼？」「為什麼？」盧奕翰和夜路訝然不解。

「你們那些爛藥加上爛演技，要是途中出了什麼差錯，我們全都會遭殃。」安娜微笑著說：「我這麼說，讓她將注意力全放在你們身上，提高我得手機會。」

「哼，自私。」夜路哼哼地埋怨，他見所有人都望著他們，包括目瞪口呆的孫大海和青蘋，便解釋：「是這樣子的……其實大家心裡有數，我們沒辦法長期死守，對吧……我和奕翰早已經計畫，將穆婆婆帶去協會後方據點，只是一直找不到機會下手……剛好……」他說到這裡，望向安娜。

「剛好呢……我這一趟行動，就是專程來救穆婆婆的。」安娜呵呵一笑，接著說：「這陣子協會發出不少類似案子，大手筆聘請第三方異能者，潛入黑夢救援受困夥伴，或是協助撤除私人結界等等……穆婆婆這地方情況特殊，穆婆婆、孫大海、夜路、夏又離和那小狐魔，都算是與協會有淵源的合作夥伴，盧奕翰更是協會正式除魔師，他們並沒有放棄你們任何一人——總之呢，我每帶回一人，都有額外獎金。」

「什麼……」青蘋難以置信，搖了搖頭，說：「妳說妳的任務，是來拖延黑摩組行動……其實是騙我們的？」

「也不算騙你們。」安娜嘿嘿一笑，解釋：「那也是我任務裡的一部分，雖然是事後追加的細項——」

原來安娜此行任務，是試圖帶回抗命死守的盧奕翰和堅持不走的穆婆婆，但她知道穆婆婆性格倔強且力量強大，無法哄騙，也難以強擄。

當她帶著郭曉春抵達蘇澳後，見穆婆婆這兒陣仗比她想像中更大，不但聚著一批鬼朋友，且還有任務以外的夏又離和硯天希、孫大海等賞金人物。

她見眾人擺出的防守陣勢有模有樣，加上阿彌爺爺那針陣確實有用，索性順水推舟，一面說服穆婆婆與她聯手抵抗黑摩組，回頭再向協會喊價，提高每個救援目標人頭的價碼，再額外添上其他計費項目，包括布置各式各樣的結界陷阱等等——自然，安娜不保證那些陷阱、防禦工事的實際效用，只推說是任務成本，但秦老、何孟超等人倒也大方買帳，且答應替安娜調集其他幫手支援。

那批援軍，便是紳士等畫之光成員。

「其實我從頭到尾都沒打算和黑摩組正面衝突，那實在太危險了。」安娜笑著解釋：「我一直在等待使用這針筒的時機，倘若失手，穆婆婆肯定翻臉……」

安娜早將穆婆婆那批鬼朋友們馴服得服服貼貼，只要她一針得手，高聲一呼，那些老鬼、小鬼們便會協助她帶走穆婆婆，但安娜並不確定穆婆婆身邊其他人的意願。她在大戰當晚上樓與盧奕翰、夜路閒談，便是去刺探他倆意願，想與他們合作——安娜也是到了那時，才知道他倆也有類似的擄人計畫，只是同樣找不到時機下手。

倘若那時她們快速談妥，立時就能行動，一口氣帶走所有人——偏偏煉成了魔體的硯天希在那當下發作搗亂，這才讓大夥一直打到了最後一刻。

當時他們在頂樓收到硯天希作亂的消息，在趕往地底支援的途中，安娜才快速地向兩人吐露救援計畫，盧奕翰和夜路儘管驚訝，但都不想直接和穆婆婆翻臉，便也樂意聽安娜指示行動。

「原本在我的預期中，最順利的情形，是我在說服更多人聯手迷昏穆婆婆之後，帶著大家進行一波最後的陷阱布置，然後立刻撤離，留下一座空城給黑摩組。」安娜說到這裡，望向紳士，笑著說：「請原諒我無法安排一個更好的合作計畫──因為我不確定協會真的能替我們找來援軍。要是我知道這支援軍裡有伊恩、紳士、陳碇夫這種大人物，那我或許會將救援計畫改成『獵殺黑摩組五人』，那樣我會開出一百倍的價錢。」

「我們也不清楚妳們有這些協議。」紳士揚揚眉，說：「但協會那些傢伙倒是一點也沒變，依舊這麼懂得算計，只是卻又算得不怎麼樣。」

「是啊。」吳楓哼哼地說：「那些協會廢物遊說我們來搶古井、救這穆婆婆，卻連後續計畫都沒協調好，讓我們的人差點和她老人家翻臉……」

「就是說嘛。」夜路攤著手，對盧奕翰抱怨：「協會總是讓我們這些第三方異能者在最前線出生入死，自己躲著撿便宜。」

「我一直跟著你們出生入死。」盧奕翰翻了個白眼，對安娜說：「安眠藥的效力有多久？我們什麼時候撤？」

「當然是越快越好。」安娜輕輕捏穆婆婆的肩，說：「我們立刻打包，穆婆婆私人物品全部搬走，我們要在中部封鎖線造出一間雜貨店。」她說到這裡，望向孫大海。「孫老爺子，那棵古井大樹，就得勞煩你了。穆婆婆醒來之後，將我們所有人當成仇人還是老友，全看你了。」

「什……什麼！」孫大海訝然搖頭。「我……我沒那麼大本事呀……我根本看不出那大樹裡究竟有沒有魂……」

02切月與老金

「哇……安迪，好嚴重啊……你要不要緊？」

莫小非的尖銳驚呼聲，在這寬闊水泥建築空間裡迴盪起來。

四周空間寬闊，一根根方形水泥柱支撐著六、七公尺高的天花板，天花板下遍布外露管線，看上去像是興建到一半的巨型百貨商場。

這兒是距離穆婆婆雜貨店數條街外，那黑夢建築怪樓群裡的某層空間。

安迪、鴉片分別躺在兩張古怪病床上。

他們身邊各自圍繞著一群怪模怪樣的醫護團隊，手忙腳亂地替他們縫補被七魂切開的皮肉和骨頭。

宋醫生斜斜倚在一張單人沙發裡閉目養神，胳臂上還插著點滴，點滴瓶中裝著的紅紫色液體，還微微閃動異光。

邵君坐在另一張沙發上，持著鏡子檢視著自己的舌尖，此時她那被鬆獅魔咬去一半的舌頭已經恢復了原貌，只是損失了那能夠用以操控黑夢的舌環。

莫小非則在安迪和鴉片兩張病床前來回探視。鴉片瞪著大眼，默默無語地望著天花板上的燈，他身上幾處切口深可見骨，甚至連骨頭都給切開，他身邊那些怪模怪樣的醫療團隊成員，在他全身各處切口塗入厚重的奇異濃膠，再以針線縫合。

安迪與伊恩近身惡戰，全身被七魂刀上一陣陣猶如小型電鋸般的紅光割得皮開肉綻；鼻子、嘴唇，以及好幾處臉頰肉塊都被削飛，鎖骨、肋骨也斷了好幾處，本來樣貌英俊的他，此時看來就像是恐怖電影裡的駭人怪物。

幾名醫療人員揭開幾個銀白色的小箱，小箱裡頭擺著幾顆樣貌與安迪相近的人頭；他們從那些人頭上，切割下體積相近的肉塊和唇鼻，抹上古怪凝膠，黏回安迪臉上，使安迪又恢復原本面貌——自然，這些新黏上去的肉塊需要時間癒合，因此他們在安迪臉上、身上，纏上一圈圈寫著符籙文字的土色紗布。

「那把刀也太厲害了吧！」莫小非撫著胸口。「要是伊恩不是一隻手，而是完整的人，說不定能夠斬死我們全部呢！」

「嚴格說起來……」安迪緩緩開口，他的嘴唇剛黏合，還裹著紗布，因此聲音聽來有些古怪。「拿著七魂的伊恩，不算是一個人，而是一個團隊。」

「這麼說也是……」莫小非連連點頭。「我記得你說過，七魂裡那些傢伙，過去都是協會裡一等一的好手，或是厲害魔物，再加上伊恩那個天才，根本就是一整支部隊，難怪這麼厲害。」

「七魂裡那灑符的老傢伙明燈，過去是靈能者協會裡首席法術教官；聽說當年還是學生的伊恩，在學會明燈所有法術之後，還反過來發明許多新法術，讓明燈傳授給其他人。一身鎧甲的大個子霸軍、格鬥好手無蹤、神槍克拉克、岩拳老何，過去都是伊恩在協會裡的直屬手下，他們的團隊作戰，從以前就名聲響亮。」安迪繼續說：「銀蜘蛛雪姑，據說曾是西藏、尼泊爾一帶的知名大魔，不知道什麼時候也被伊恩收伏，進了七魂；而七魂裡那第七魂，也是將我和鴉片斬成這樣的魔物——叫作『切月』。」

「切月？」莫小非搖搖頭：「這什麼名字呀？七魂最後一魔，不是伊恩的情人嗎？」

「切月據說是日本某處深山裡的古魔和雪女的後代，她有一手比鑽石還硬的指甲，號稱能夠切開高山和大地。」安迪這麼說：「切月這個稱呼，則是她有次切開水中月亮倒影之後，被身邊朋友封上的稱號。」

「水裡的倒影怎麼切呀？」莫小非嘖嘖稱奇。

「別忘了，她有雪女血脈。」安迪說：「只要在對準水面月影出手的瞬間，令水面上結出一層冰，再在冰上切出一條乾淨俐落的刀痕，看起來就像是連月亮都切開了——當然，這只不過是障眼把戲，要是換成二、三流的異能者耍這花招，只會讓人覺得賣弄浮誇；但切月在切開月影之前，便已經什麼都切得開，這把戲在她手上使出，倒是錦上添花、美上加美。」

「那伊恩還眞有一套。」莫小非哼哼地說：「連古魔和雪女的千金大小姐都追得到——他在靈能者協會裡也算是天之驕子啦。如果當年沒有自立門戶，說不定現在靈能者協會就是他當家了，哇，那樣一來，會不會整個協會都像畫之光一樣凶呀，想一想還眞可怕。」

「那倒不一定。」安迪微笑說：「協會領袖和一線除魔師所需要的智慧和技術可不一樣——眞要比起遊說各國政府支持、整合各方勢力等等手段，伊恩遠遠不如協會那些老傢伙；當年畫之光除了伊恩登高一呼之外，如果沒有清原長老和紳士淑女外加幾位大老鼎力襄助，未必發展得起來。」

「所以安迪，你跟鴉片身上的刀傷，就是被七魂刀裡的切月砍出來的嗎？」莫小非說：「以前漫畫、電影裡的雪女，給人的印象都是雪白一片的，但那七魂刀斬人的時候，都紅通通地好嚇人呢。」

「這一點，漫畫倒是沒有騙妳。」安迪這麼說：「切月以前確實是雪白一片的，據說她不但全身雪白，而且容貌絕美，她揮動指甲切斬時的光芒，也是白色的。」

「那爲什麼後來變紅了？」莫小非問。

「因爲當年倫敦大戰。」安迪說：「我們那些四指前輩們怎麼都打不贏伊恩，所以想出一個擊敗伊恩的辦法——從他身邊的人下手，他們四處綁架他的親人、夥伴和他的愛人切月，他們在切月身上施下了相當厲害的操控法術，將切月改造成一具聽話的殺戮機器，想利用切月擊敗伊恩。」

「什麼嘛，感覺很普通啊。」莫小非攤了攤手。「我們也常這麼做不是嗎？」

「這種招數，在當時可是相當創新呀。」安迪說：「他們剝下了切月的皮膚，將她從一個雪白的雪女，煉成全身通紅的『血女』——且在她一手指甲上染了永不褪色的血色。」

「但最後還是伊恩打贏了，救出了切月跟夥伴，把他們裝進刀裡……」莫小非這麼說：「是那些前輩太爛了啦，手上抓著人質，人質都幫忙了還打不贏伊恩……哼，我們千萬不可以像他們一樣！」

「是啊。」安迪笑著說。「所以我們要好好檢討一下，究竟犯了哪些錯誤，可別再犯啦……」

「哼……」莫小非說：「我們犯了什麼錯，不過就是不知道晝之光的人也會來嘛，要是晝之光沒來搗蛋，我們早就把那大樹連根拔起了。」

「晝之光也不是今天才開始和四指作對，且他們不只是作對，而是像獵人一樣四處獵殺四指。」安迪說：「之後每一次行動，大家最好都要抱著伊恩會拿著七魂突然殺出來的心理準備。」

「什麼啊，那也太可怕了吧！」莫小非呵呵笑著：「又不是看鬼片。」

「最起碼……」安迪淡淡地說：「想練拳的、想做愛的、腳癢想要人舔的……等確確實實取得勝利之後，再慢慢玩也不遲，不是嗎？」

「哼，我哪是腳癢想人舔啦，我只是……」莫小非正想大聲反駁，但見到安迪眼神裡流露著一股冰冷氣息，只好閉嘴，說：「好啦，下次我們真的會小心點啦……」

「昨晚我對伊恩說的那番話，可是我的真心話。」安迪淡淡笑著說：「我們五個人之間的合作盟約，是基於能夠創造更大利益的前提下而成立的，從來也不是什麼斬雞頭燒黃紙的結拜關係。昨晚，我有信心能壓倒伊恩，加上覺得你們往後對我仍有幫助，才出手相救，否則，我會選擇獨善其身——如果今晚你們仍然不停犯下同樣的錯誤，我或許會放棄你們任何一個。當然，你們也有權這麼做。」

邵君倚著沙發，鴉片望著天花板，都默默無語。

「哼，安迪，你怎麼這樣說……我可是把你們每一個人都當成好朋友耶！」莫小非瞪大眼睛，扠著手站在安迪床邊說：「在這世界上，我最愛的人就是安迪你了，你這話也說得太無情了吧！」

「如果我只是個平凡上班族，妳還會這麼愛我嗎？」安迪哈哈一笑，對莫小非說：「如果我突然失去了力量，需要妳時時刻刻冒著生命危險保護我，妳辦得到嗎？」

「什麼啊！安迪你怎麼可能是個平凡上班族啊，那樣的你太無趣了吧……不要問這種無聊的問題啦……」莫小非突然瞪大眼睛，問：「等等！你剛剛說『今晚』……你打算晚上又要進攻？你鼻子才剛接回去，不怕打一打掉下來嗎？」

「掉下來就再黏一次囉，反正我們又不缺『備品』。」安迪緩緩自病床上坐起，晃著胳臂、扭扭頭子，像是在檢視全身傷勢，他說：「這次晝之光嚇了我們一跳，這次換我們嚇他們一跳。」他這麼講的同時，一面向宋醫生彈了彈手指。「替我傳令回去，要他們把寶年爺帶來。」

「你要拿寶年傘？」宋醫生睜開眼睛，皺著眉問：「你背後四隻『傘手』都斷了，那些手可不像鼻子耳朵那些備品這麼容易接回去，還是我叫駱爺過來替你看看？」

「我背上那些傘手可是大手術，時間上趕不及。」安迪搖搖頭。「我今晚就要用寶年爺。」他向宋醫生攤了攤雙手。「我用自己這雙手開傘。」

「……」宋醫生吸了口氣，說：「我從未質疑過你的決定，我相信你比我們更清楚寶年爺的力量，要是你壓制不住，到時候遭殃的可不只你一個人，而是我們全部……」

「宋醫生，你應該很清楚，我雖然時常提出這類匪夷所思的想法，但其實背後都做好了萬全準備，我不喜歡做沒把握的事。」安迪笑著說：「我是狂人，不是賭徒。」

「……」宋醫生默然半晌，點點頭，取出手機，撥回黑夢核心萬古大樓，還對安迪說：「按照你剛才的說法，到時候要是你壓制不住寶年爺，請原諒我無法出手相助，我得放棄你，獨善其身了……」

「好觀念。」安迪笑了笑。「保持這種心態。」

□

「哇啊啊！我……我好感動啊——」

向來溫順的妖車，此時像是吞了春藥般在公路上急駛狂飆、叫囔呼嘯。

經過安娜改造的妖車，後車廂裡生著兩排金屬長椅，約莫能供六人乘坐，此時穆婆婆裹在睡袋裡，橫躺在右側長椅上沉沉睡著。

青蘋、孫大海和夏又離則坐在左側長椅上，負責照料穆婆婆。

硯天希那新煉成的魔體並不穩定，大戰後期被穆婆婆囚至結界深處，大吵大鬧耗盡了體力，被紳士與伊恩聯手封回夏又離身體裡；此時同樣安穩沉睡，夏又離總算鬆了口氣，清靜許多。

安娜和郭曉春則坐在前頭的駕駛座和副駕駛座上，由於此時妖車負責駕車，因此安娜靜靜翻著書，偶爾對妖車下令，指示路線，她那輛重型機車，則被妖車以金屬支架固定在車身側邊牽著跑。阿毛則化回狗身，安安靜靜地伏在後座長椅底下呼嚕大睡。

妖車二樓加蓋廂體的面積不足一坪，車廂中沒有座位，便只鋪著破布、瓦楞紙作爲椅墊。

張意蜷縮著身子側躺在一堆瓦楞紙板上，微微張著嘴，口水將臉下紙板染濕了一大片。伊恩斷手依舊五指大張地抓著張意腦袋，七魂則連刀帶鞘地被雪姑以銀絲綁在張意胸前。

長門倚著她那琴箱席地而坐，輕輕撫著神官腦袋，望著加蓋車廂上那面小方窗，不時憂愁地朝張意望上幾眼。

由於此時張意失神昏睡，且全身仍由雪姑控制，因此摩魔火一來無需擔心張意對長門失禮，且爲了離雪姑遠些，索性便攀到加蓋車廂頂上那小露台。這小露台空蕩蕩的，周圍有著一圈金屬支架圍欄，上方還有古井大樹茂密枝葉遮蔭。

「這位置倒是不錯，能夠眼觀四面。」摩魔火攀上朝向正面的圍欄鐵桿，這位置能夠同時見到底下那車頭小陽台和右側小廁所，以及前方道路上一切路況——這加蓋車廂小露台，就像是古代戰車的指揮台一樣，能清楚見到四周動靜。

「紅蜘蛛，我這邊位置更好喲，你要不要來參觀一下！」小八的聲音自高處傳下，他和英武站在古井大樹樹梢上，樹梢上還有幾個小鳥巢——那是孫大海指揮百寶樹和黃金葛特別造出的鳥巢。

「好呀。」摩魔火閒來無事，便也攀上大樹，只見這比小露台再高出近一公尺的樹梢，視野果然更好，且幾個軟藤鳥巢也造得柔軟舒適，連他都有些想要長住其中——剛冒出這個念頭，他突然又羞愧地從小巢中爬出，來到樹梢更高處，飛快地結了張網子，攀在中央，呼了口氣。「我在想什麼。這才是蜘蛛的家嘛……都是那臭小子的臭頭，臭得我腦袋都不清楚了。」

「我說蜘蛛就是不一樣，他們能橫著躺。」英武在樹梢間蹦蹦跳跳，撲進一處軟藤吊床晃來盪去，悠哉地望著沿路風景。

「我說你們呀，是不是在排擠神官？」摩魔火突然想到了什麼，這麼問：「爲什麼我總覺得你們兩個欺負他一個？」

「什麼我們兩個欺負他一個！」英武聽摩魔火這麼說，大聲抗議起來：「那一晚他打架打不贏我，就賴皮耍陰招，這次見了面，也沒來向我道歉，哼！」

「我沒欺負他呀，我只是問他吃什麼長那麼大，他就生氣不理我。」小八嘎嘎地說。

「我對你們鳥類之間的恩怨沒有研究，我不懂。」摩魔火身為蜘蛛，對鳥類本便沒有好感，只是稍微關心一下，便不想多問。

「喂，前面的笨車，開慢點！你那副怪樣子還開這麼快，小心重心不穩！」夜路自跟在後方的小卡車副駕駛座探頭出窗來，朝著前方興奮過度的妖車大喊，他與盧奕翰駛著滿載穆婆婆家具的小卡車，緊隨妖車後頭。

由於妖車後車廂，以及上方加蓋車廂都沒有車門，只有簡易圍欄和一條連貫上下車廂與露台的長梯，因此盧奕翰和夜路能夠從駕駛座裡清楚地見到青蘋、孫大海等人的一舉一動。

此時他們沿著台七甲線往中部封鎖線前進——中部封鎖線是協會自西起大甲溪口，沿著中部橫貫公路，一直到東邊立霧溪口，築出的一條長條狀防禦結界。

整條中部封鎖線有八處重要據點，包括最重要的台中港和清泉崗機場，以及沿路往東所經的豐原、東勢、新社、松鶴、太魯閣等次要據點，最後是花蓮的新城車站。

這八處據點及周邊十餘處小據點，串連著長長的中部封鎖線，彷如一道長城，準備對抗逐漸近逼的黑夢。

「不是我計較，你自己摸摸良心說。」夜路哼哼地對著駕駛座上的盧奕翰說：「安娜這件案子，一個人頭少則幾萬，多則上百萬，光是這一筆，她就賺翻了——我呢？我算日薪的！你說說看，這公平嗎？」

「協會聘僱異能者，一天三千，這幾個月下來，你也賺不少了。」盧奕翰沒好氣地說：「我領月薪的，拿的比你還少。」

「哦？」夜路聽盧奕翰這麼說，立刻算了算他與盧奕翰這段時間的收入差距，跟著扠著手，自言自語地說：「我想，身為一個男人，經濟能力也是一項重要指標。在下雖然比上不足，但跟我的主要競爭對手相比，還是強了些——何況這只是我的副業，我還有寫作這項本業。」

「你就是因為本業養不活自己，才要兼差吧……」盧奕翰哼哼地說。

「誰說的！」夜路大聲反駁。「我是被這天翻地覆的混亂局勢拖累，才沒辦法專心寫作，要是每個人都精神異常，誰還來買小說啊？都是你們這些協會廢物拖累我這偉大作家……」他一面說，一面從隨身行李裡翻出他的筆記型電腦。「還好，出門前還充飽了電。」夜路一面說，一面將電腦放在腿上，揭開螢幕，轉頭對盧奕翰說：「我要努力工作了，你別妨礙我寫作。」

「好。」盧奕翰點點頭。

「也不可以偷看我寫作的內容，你要尊重智慧財產權，想看，等我拿到出版社公關書，打八折賣給你。」夜路點開文字檔案，說：「我最討厭別人在我寫小說的時候偷看我的螢幕，那樣我會有種被人扒光了的感覺。」

「你他媽的誰想扒光你，你要寫就快寫。」盧奕翰唾罵：「不要妨礙我開車好不好？」

□

「哇！這是哪裡呀？」張意發出一聲尖叫。

他覺得自己的聲音像是在水中傳遞般，慢了半拍還帶著回音。

四周昏暗陰森，像是廢棄樓房，廊道間迴盪著一聲聲奇異吼聲。

那些吼聲似人似獸，更像恐怖電影裡的嚇人音效。

「怎麼、怎麼？」張意感到身體仍然不受控制，飛快地在這陰森大樓中穿梭。「現在是什麼情形？我要去哪裡？師兄、師兄，你在嗎？你要帶我去哪裡？」

「你沒去哪裡，你舒舒服服躺在長門身邊呢。」伊恩的聲音突然響起，聽來同樣緩慢，甚至時遠時近。「這個人不是你，是我。」

「什麼？老大……這個人是你？」張意不解地問：「我不懂你的意思……」

「我不是……叫你別偷窺我的記憶嗎？」伊恩的聲音聽來有些無奈。

「這裡是……你的記憶？」張意訝然問，此時的他除了無法控制自己身體，以及與伊恩對話的那古怪感受之外，其餘一切，包括眼前陰森的廊道、悽厲的鬼吼、窗外閃動的雷光和雨聲，都極其逼真，彷如身歷其境一般。

「簡單來說，你現在在作夢。」伊恩呼了口氣，說：「只是你夢的，是我的過去，就好像是……用你的腦袋播放著我的人生錄影帶。」

「人生錄影帶？這……太深奧了，老大，我聽不懂你的比喻……」張意這麼說，突然唉了一聲：「啊呀……我的身體在痛，老大，怎麼回事……」他說到這裡，突然感到視線壓低，是夢境裡的他的第一人稱視點——伊恩，低頭望向自己的腹部。

「他」的腰間有處可怕傷口，像是被利刃刺入幾公分後，再往外拉開造成的誇張傷口。此時那傷口上攀著幾隻模樣古怪的鍬形蟲，那些鍬形蟲正張著大顎，一口一口地咬著「他」腹間傷口。張意甚至見到，在那傷口裡頭，還爬滿蛆蟲，那些蛆蟲身體微微發亮，快速蠕動著。

「別怕，那些傢伙正在替我治療傷勢。」伊恩這麼說，跟著頓了頓，發出一陣笑聲。「真巧。」

「巧……什麼？」張意茫然地問。

「對了，那個時候，進入這裡之前，我確實受了傷，位置跟插在你身上的鬼噬差不多。」伊恩解釋：「你現在感受到的疼痛，一部分是我記憶裡的感受，一部分是你身體上的傷，兩者融合成更加逼眞的感覺。嗯，這還眞有趣……我從不知道記憶能夠這樣重現，可惜我太晚遇到你，否則你這結界天賦，若是仔細研究，一定可以發展出許多厲害法術。」

「什麼？鬼噬？」張意駭然大驚。「對呀，我想起來了，那時候……黑摩組大魔王，他、他……」

「他在你身上插了根釘子，那支釘子是鬼噬。」伊恩苦笑著解釋：「你沒聽錯，現在插在你身體上的釘子，和當時插在我肩膀上的鬼噬，是一樣的東西。」

「什麼！」張意哀號起來。「怎……怎麼會這樣？那我怎麼辦？老大……我也要和你一樣，變成手了嗎？」

「這倒是不會。」伊恩說：「釘在你身上的鬼噬，比先前釘在我肩上的鬼噬，小了不少，威力也弱了許多。鬼噬需要時間修煉，安迪拿出這半成品，表示他確實被我逼急了——嘿嘿，就當是我嘴硬吧，當時我太莽撞了，不該追殺他，但……我那時確實感到自己有擊敗他的機會，只是，或許得換成以前那個能夠全力揮動七魂的我的身體……」

「所以……現在插在我身體裡的鬼噬，因爲是半成品，所以……我還有救……」張意這麼問的同時，還隱隱感到身體裡散發著一股莫名的奇異感受。

那感受像是摻雜了憤怒、恐懼、悲傷之後，揉合成一陣陣莫名的衝擊。但畢竟是夢境，且是伊恩的記憶，因此這一陣一陣的古怪衝擊，對張意而言，就像是這夢裡窗外暴雨中的落雷，一記一記劈擊著遠方大地。

「這是原因之一。」伊恩說：「原因之二，現在有我在——我身中鬼噬的時候，可沒有另一個伊恩替我治療呀……在那時候，我對這惡毒的東西一無所知。鬼噬這名字，還是他們在追殺我時，偶爾對我喊話，我才知道的……但現在不同，我有了這段經驗，知道怎麼對付這東西。」

「原因之三。」伊恩繼續說：「我們正在趕往協會據點的路上，那裡有豐富的醫療資源，聽說新加坡總部的魏云醫生也在，她是協會裡少數令我佩服的高手，還是個大美人，有她幫忙，再加上我，你身上就算一口氣插十支鬼噬，都有得救。」

「別嚇我呀，老大！」張意連連喊著：「插十支鬼噬，痛都痛死了，怎麼有得救？」

「只要釘子裡的鬼出不來，當然有得救。」伊恩這麼說：「你得專心，我現在正全力壓制釘子裡的那些鬼，我那隻斷手幾乎要黏進你腦袋裡了……我想就是因爲這樣，所以你才能看見我的記憶。」

「是這樣啊，好吧……」張意莫可奈何地說：「我試看看專……哇！」

一個龐然大物自「他」眼前廊道竄出，攔在陰森漆黑的廊道正中，像是試圖阻止他繼續前進，自然——此時張意見到的情景和聲音，全都是伊恩的過往記憶。

「嗯，要是連這傢伙都能嚇著你，待會兒怎麼辦？」伊恩嘆了口氣。

「這傢伙……這傢伙誰啊？」張意問。

「我也不知道。」伊恩答。「大概是四指裡頭哪個不起眼小嘍囉養的不起眼的小寵物吧。」

「這叫作……『不起眼的小寵物』？」張意只見攔在他眼前的那龐然巨漢，儘管已經駝著背、弓著身，但腦袋仍然幾乎要頂到廊道的天花板，一雙粗壯巨臂甚至無法完全伸展——這廊道約莫三公尺寬。

巨漢的頸子和四肢都纏著古怪鎖鏈，左手持著斧頭、右手持著砍刀，像是電影裡的粗壯殺人魔再放大一倍之後的嚇人模樣。

但是夢境裡的他——伊恩，向前的步伐絲毫沒有因爲這「不起眼的小寵物」而減緩，反而加速往前，高高躍起，一腳踏在這巨漢臉上。

同時，幾道流光隨著伊恩躍起，自他雙手竄出，流星般打在巨漢身上。

流光化爲異獸，噬咬著巨漢雙手雙腳，配合著伊恩這一踹，將巨漢重重翻倒在地。

伊恩踩過巨漢的臉，甚至懶得看那巨漢倒地後的模樣，持續往前。

他接連穿過幾條看來模樣大同小異的廊道，隨手擊倒一個個大大小小、自漆黑房中竄出的「不起眼的小寵物」之後，來到一道鋼鐵旋梯前，往上走去。

旋梯上方似乎有著奇異光源，那光源忽紅忽綠，詭異莫名。

「哦，原來已經來到這裡了。」伊恩的聲音在張意耳邊響起。「接下來這傢伙有點本事，你要仔細看，千萬別把眼睛閉起來——過去我那些學生、徒弟，沒一個像你這麼好運，可以用這種方式觀摩我作戰。」

「我就算想閉眼睛也閉不起來。」張意無奈地說。「因爲現在是老大你的眼睛在看東西，不是我的眼睛……」

張意還沒說完，感到過去的伊恩抬起頭來，往旋梯上方看去，旋梯高處，走下一個古怪老人。

那老人身材瘦高，是西方人，左手持著一柄古怪手杖，右手托著一只古怪燭台，那紅紅綠綠的光源，便是自那燭台發出。

仔細一看，那燭台火蕊就像是一張張小小的鬼臉，正悲慘地哭號著。

老人端高了燭台，鼓嘴輕吹，吹出了十數隻惡鬼，從旋梯上方飛竄下來。

伊恩拍了拍懸在腰際的那柄武士刀。

暗紅色刀鞘發出一聲凶猛虎嘯。

一團紅黃相間的大影，旋風般自伊恩身邊竄起，撞翻了幾隻搶在前頭的惡鬼。

伊恩時而踩著身邊那古怪大影，時而奔踏階梯，時而踩上欄杆，飛也似地往上疾竄，一下子就逼近那老人佇身處。

那些自上方衝下的惡鬼群，不是被伊恩順手使出的法術擊碎、炸飛，就是被伊恩身邊那怪異大影撕得四分五裂。

老人瞪大了眼，驚呼一聲，像是也被伊恩的來勢震懾，他在伊恩衝近面前之前，不是再次鼓嘴吹鬼，而是深深吸了一口氣——

老人將燭台裡那萬千凶鬼全吸進了自己身體裡。

老人雙眼射出異光，端著燭台的那手無名指上的戒指啪啦一聲崩開。

伊恩左手提起武士刀鞘，也不拔刀，便只是往前一掃，像是想以刀鞘揮打老人腦袋。

刀鞘外側依舊伴著那道巨大的紅黃相間大影。

老人揚起古怪手杖，抵住了伊恩武士刀鞘。

大影也在此時一併停下了動作——那是一頭巨虎。

這頭巨大的老虎，體型比現今世上體型最大的西伯利亞虎還要高大壯碩許多，黃色的背毛上遍布著一道道火紅色紋路。

大虎那隻巨大虎爪就停在老人腦袋旁——被一隻漆黑鬼手擋著。

鬼手自老人那手杖上延伸而出。

巨大的鬼影自手杖裡繼續往外爬，攀上老人後背，凶猛地與那探來腦袋的大虎對峙著。

「吼——」大虎發出幾聲雄猛虎嘯，將整條鋼鐵旋梯震得轟隆作響，漆黑大鬼也不甘示弱地咧開嘴巴，嘯出尖銳刺耳的淒厲長嚎，揮來另一隻鬼爪，與撲上的大虎互相扒抓撕打起來。

伊恩一巴掌打在老人臉上。

他立時將手抽回，略微訝異地後退幾階，看了看手掌。

他手掌上滿布細刺，刺上還冒著毒煙。他立時再退兩階，對著掌心畫出幾道咒術壓制毒氣，然後從口袋裡取出一隻小甲蟲擺在手上，那小甲蟲立時靈巧地替伊恩拔出一支支細刺。

老人並未追擊，因爲無法追擊，他甚至不停往旋梯上方退，還發出微微哀號——他捱著伊恩那巴掌時，也同時中了伊恩三道咒術。他同時被青藍色的火焰燒灼著頭臉、被古怪的白鬼攀在背上啃噬頸子，更被古怪的惡蟲爬滿了上半身。

「老大你這法術好厲害！」張意忍不住呼叫。

「錯，我這三道法術搭配得糟透了。」伊恩這麼說。

在伊恩指點下，張意這才見到攀在那老人背上的白鬼，同樣也被青火燒得嘎嘎怪叫，且那些古怪惡蟲更在數秒後便讓青火燒盡。

「我至今懂得的法術，或許超過千種。」伊恩緩緩地說：「就算在當時，我應該也會七、八百種法術，但這三招，剛好都是我不熟悉的法術，剛學成，忍不住使出來，沒仔細考慮法術之間的配合度。」

「什麼？」張意忍不住問：「為什麼……要使用不熟悉的法術？」

「因為這些法術夠狠毒。」伊恩嘆了口氣。「因為憤怒。」

「憤怒？」張意喃喃重複了伊恩的話，繼續看著眼前發生的事，他感到身子持續向上急奔。

身中三咒的老人，狼狽踉蹌地往上奔，他召出的那隻大鬼，發出了淒厲的尖吼之後，被大虎撕成了碎塊。

大虎狂吼一聲，落在老人眼前，擋住了老人的退路。

伊恩則閃電般追到了老人背後，照著老人的背脊突擊一拳，拳頭上同樣帶著三道凶惡咒術。

老人嚎叫一聲，像是遭受電擊般劇烈顫抖起來，他後背中拳處竄出一條條荊棘，蔓延生長、纏繞住他全身，那些荊棘上還閃動著奇異電光，這是伊恩這記拳頭上的第一咒；而第二咒和第三咒，則是腐蝕的毒汁和怪異的蛆蟲。

與先前那三咒相同，這三咒的荊棘、毒汁和蛆蟲分開看都凶猛異常，但一齊施展在同一位置，反而互相剋制——毒汁腐蝕荊棘、荊棘電暈蛆蟲、蛆蟲吸食毒汁。

儘管如此，那老人仍然雙腳癱軟地搖搖欲墜，但他在倒下之前，硬是揚起手杖，那手杖飛快變形，化出一截截白骨，倏地甩長捲上高處一盞華麗吊燈。

「吼——」大虎一聲吼，揮動虎掌，一把將老人攔腰打成兩截。

但那老人失去了下半身，卻依舊能夠行動，他操使著手杖縮短，將他拉上吊燈。

「啊！」張意才見老人飛遠，以為他要逃了，但下一刻便見到那吊燈已在眼前——因為伊恩追得極快，像是絲毫不想給老人逃脫的機會。

施展咒術甩出光鞭的伊恩，在老人攀上吊燈的下一刻，便也踩上吊燈，轟隆一腳踏在老人頸子上。

這一腳上，也帶著三道咒術。

第一咒幾道青森銳光，將老人後頸、後背上切開好幾道巨大裂口；第二咒，變出一群柳橙大小的奇異小鬼，邊凶猛地咆嘯邊揪著老人背頸上的裂口，試著往裡頭鑽扒啃噬；第三咒是一陣奇異毒煙，這些毒煙在奇異小鬼們周身繞了繞，全讓小鬼吸進了身子裡——小鬼們發出陣陣尖銳吼聲，鬼爪利牙一下子變大了好幾倍，喀啦啦地扒斷咬碎了老人背頸傷口裡的骨頭。

這第三次的三咒齊發，顯然比前兩次要高明許多——伊恩即便在盛怒之中，仍然維持著一定的學習能力。

老人發出了慘烈的尖吼，再次自吊燈上彈起，甩動那手杖化成的骨鞭，捲上側面一扇門，盪進門裡。

伊恩踩在大虎背上，轟隆追入門中。

「喝！」張意見到甫盪入門裡的老人，頸骨喀啦一聲斷裂，腦袋往前飛滾落地——那些凶惡小鬼咬碎了他背頸上各處骨頭。

但儘管如此，只剩一顆腦袋，老人竟仍然不死，他那腦袋在地上滾了兩圈，彈了幾下，頸骨竟喀啦啦地又飛快竄長，結出一副怪異人形骨架。

同時，室內暗處竄出一群人影，這些傢伙像是那老人的徒子、徒孫一般，有的持著怪異武器擋在老人身前，有的取來大袍替老人披上。

「你看，這傢伙這樣都不死，確實有一套。」伊恩這麼對張意說。

老人虛弱地後退，揚起手，像是在下令。

人影之中推出五個給鐵鍊緊緊捆成長柱的人。

「啊！」張意儘管瞧不清這陰暗大室裡那被推出的五人，但陡然感到當時伊恩體內，像是燃起了焚天怒火一般。

轟隆一聲，室外巨雷閃動，暴雨下得更疾。

在那幾記雷光照映下，張意這才略微見到，這大室十分寬闊，像是廢棄的巨大商場，梁柱、牆面上有著塗鴉，四周積著一堆堆垃圾。

老人及那票手下，才剛推出那五人，便立刻飛快往更後方的鐵梯撤退。

外頭轟隆隆又是幾記暴雷。

五人身上的鐵鍊紛紛崩裂，先後往伊恩奔來。

第一人身形快絕如電，瞬間竄到伊恩身前，飛快打出十數拳。伊恩擋下幾拳、避開幾拳、再用胸膛硬接三拳。

「啊！」張意見到那人拳腳動作熟悉，又見到後方四人身形架勢，已隱隱猜到這些人的身分——明燈、霸軍、克拉克、老何，以及眼前這對伊恩發動攻勢的無蹤。

他們五人，每人額心和腦袋上，都釘著一支支或長或短的詭異長釘，面色青慘如鬼，眼角、嘴角還淌著烏黑汁液。

「吼——」那時候的伊恩發出了震天怒吼，左手緊握的暗紅色刀鞘微微亮起火光。無蹤再次揮拳襲來，被伊恩揮動刀鞘甩出的奇異長鞭捲倒在地。

老何咆嘯幾聲，一雙灰色大掌陡然變得猶如半面門板般大，凶猛地往伊恩打來。伊恩仍未拔刀，只是連刀帶鞘地揮了揮那深紅武士刀，幾隻差不多大小的虎掌在伊恩身邊竄起，轟隆隆地和老何巨掌對轟著。

「老大，爲什麼你還不拔七魂刀？」張意不解地說：「只用這老虎法術戰鬥？」

「什麼老虎法術，那大老虎可是位厲害前輩……」伊恩哼哼一聲。「那時候七魂都還沒造出來呢！你見到的這把刀，叫作『虎咬』。」

「虎咬……」張意這才想起，先前在三重晝之光據點，他被摩魔火灌醉，睡夢中無意闖入七魂魔居空間時，見到了伊恩過去的記憶；當時伊恩手上拿著的，便是這把深紅色的武士刀——虎咬。

「如果我當時拔刀，現在七魂就少五魂了……」伊恩喃喃地解釋：「虎咬刀很凶，比七魂凶惡太多了。」

接下來幾分鐘，張意感到自己左手持著虎咬、右手施展各種法術，在五人身間穿梭遊走，儘管當時伊恩身形俐落，但似乎猶豫不決，一會兒想加快腳步去追那老人，一會兒又回頭與五人糾纏不休。

明燈揚起漫天符籙，一張張符化成凶鬼撲咬伊恩。同時，老何巨掌轟轟亂掄、霸軍重槍猛刺、無蹤快拳連擊、克拉克持著狙擊槍用槍柄狠砸。

在大虎巨掌掩護下，伊恩毫髮無傷，卻也進退不得。

「吼——」大虎發出了一聲凶惡吼聲，張意感到手中虎咬發出了震動，像是對伊恩的猶豫不決感到不耐。

「那個時候，我考慮的，是要救他們的人，還是救他們的魂。」伊恩緩緩地說：「還是殺了他們。」

「救人、救魂……」張意不解地問：「什麼意思？」

「四指將他們連肉身帶著魂魄，一併煉成凶狠的半人半魔。」伊恩說：「救人就是帶他們回去醫治。但那時我看他們的樣子，知道已無藥可救了，四指這邪術十分成功，主使者應該就是剛剛那老人。救魂的話，容易一些，但也怕他們魂裡另外還附著其他法術，人一死，魂立刻炸散。那些傢伙在那幾個月裡，玩過不少類似把戲，實驗對象是協會裡許多成員的親屬，包括紳士淑女、清原長老他們的摯友親人……」

張意耳邊的伊恩這麼說的同時，記憶裡的伊恩卻像是已經下定了決心地揚起虎咬，雖然仍未拔刀，但動作已與先前數分鐘有些不同——

變得凶悍許多。

一聲轟隆巨響伴著金黃色爆炸，無蹤全身燃起烈火，跟著又被一記巨大虎掌劈頭蓋下，擊癱在地上。

無蹤還沒來得及起身，伊恩已經重重一腳踏在他胸口，踩著他高高飛蹦起來，同時還在他身上留下幾道咒術——數條幼童手腕粗的麻繩，飛梭纏捲住他全身，同時一陣陣炸裂聲響自他全身上下發出，無蹤瞪著大眼，像是一下子斷裂數十根骨頭般，癱軟在地，痛苦地掙動著。

踩著無蹤身子蹦上半空的伊恩，右手揮出數道咒術，在空中結出數個防禦光陣，擋下克拉克的狙擊彈、明燈的飛符和霸軍的重槍刺擊之後，高高橫舉虎咬。

巨大的金黃色火焰自他背後燃起，凶猛的虎嘯聲陡然暴起，將四周玻璃全震得碎裂一地。

伊恩飛躍在四人中央，伴他在身旁一齊落下的巨大虎掌，如同隕石墜地般地將四人轟炸壓倒，將樓層地板轟出一陣天搖地動。

四隻巨大虎掌金光閃動，猶如四座小山，將痛苦嘶吼的四人牢牢壓在地上。同時，明燈那撒上半空的數十張紅光閃耀的凶符，被伊恩揚手甩出的光流捲著，像是叛變了的軍隊般轉變成金色光符，一張張往包括無蹤在內的五人臉上、四肢飛鑽，炸出陣陣閃耀光爆。

伊恩從隨身皮袋裡抽出五支長釘，分別釘入五人腦門正中——

「這是沒有辦法中的辦法。」伊恩對張意解釋。「他們已經被修煉成半魔，心中的凶性跟操控著他們的咒術一時解不開，我刺進他們腦袋裡的釘子，作用跟他們頭上那些釘子效力相同。這一招算是以邪制邪，用更凶悍的控制法術，取得那五人的指揮權。」

「嘎嘎嘎嘎嘎——」無蹤等五人全身激烈顫抖、搖頭晃腦起來，此時他們腦袋裡像是同時接收到兩種不同命令，而矛盾衝突著。

伊恩沒有再花時間在他們身上，而是循著先前那老人撤離的小門追了出去。

接下來十餘分鐘，伊恩穿過了數條長廊、數間大室、擊裂一隻隻突襲惡鬼、穿過幾間布置著奇異結界的樓層之後，登上通往頂樓的樓梯。

他一腳踢開鐵門，步出梯間，踏上這棟大樓的寬闊樓頂。

一記記巨雷接二連三地落在城市遠處，在此起彼落的耀眼閃電光芒下，只見四周水塔、冷暖氣設施、牆沿、幾處出入口的梯間頂部，以及周圍地面都站著人。

所有人見到伊恩出來，全都不自覺地將一手搭上另一手，這是大多數四指成員們認眞迎敵時的本能姿勢——他們手上都戴著戒指。

包括剛才那老人及其手下在內，此時整片遼闊頂樓區域，聚集了超過一百名的四指成員。

「這……這裡是……」張意從伊恩的眼角餘光裡，瞥見身旁大樓圍牆外遠處市街樣貌與台灣並不相同，是只有在旅遊頻道或電影裡才見得到、有些眼熟卻又不認得的景點建築。

「英國，倫敦。」伊恩這麼說。

「倫敦……」張意隱約想起摩魔火曾說過，當年四指對靈能者協會發動了一場全面戰爭，全世界的協會各大據點都受到波及，而靈能者協會總部所在的城市倫敦，自然是那場激戰的中心。

站在最高處的幾個人，像是這批四指聯合部隊的領頭人物，他們低著頭，像是在數落剛剛撤上頂樓的那老人。

同時，幾名四指成員揪著幾條鎖鏈，從後方牽出一個人。

即便這是許多年前的記憶夢境，張意依舊感到一股難以言喻的衝擊自當時的伊恩身體裡炸開，那像是巨大的憤怒和哀慟揉和而成的強烈痛苦。

這股巨大痛苦，令張意感到一陣又一陣的暈眩和反胃。

「冷靜點，都過去了……」伊恩嘆了口氣，出聲叮囑張意，卻又像是在對自己說話：「否則我會壓制不了鬼噬。」

在一陣陣雷光照映下，張意看出那血紅色的人形物，體態像是個女人。

女人全身上下都裹著密密麻麻的符籙長布，猶如一具紅色的木乃伊。

大雨磅礴，女人雙足站立處都染成了一圈紅。

一名四指嘍囉上前，摘下本來貼在女人眼睛部位的黑色符籙，女人露出了渾圓的雙眼，同樣一片血紅。

伊恩喉間發出了如同重傷野獸才會發出的聲音。

「唔唔、嗚……」張意像是受到記憶裡的伊恩心中巨大悲痛影響，覺得喉間哽著了東西，全身發麻起來。

女人雙手微微抬高了些，十指竄出十支十餘公分、猶如銳刃的指甲，閃動著血色紅光。

她那裹著符籙的後背，彷如刺蝟般，插滿各式各樣的怪刃法器，每把尖刃柄端，都連著長長的細鏈或絲線，這些絲線和細鏈一路連至後方首領身邊一批四指成員，那些成員此時各自牽著一條線，且持著古怪法器，像是在同時指揮著這女人。

超過百名四指成員，緩緩開始展開行動。

有些人自高處躍下、伏在地上，像隻非洲草原準備偷走獅子獵物的鬣狗；

有些人從隨身行李中取出各式各樣的古怪武器；

有些人揭開身邊的大行李箱或是棺木，喊出裡頭那一隻隻詭怪惡獸或是恐怖凶屍；

有些人召出大批惡鬼、有些人放出隨身毒蟲、有些人緩緩摘下戒指……

伊恩終於拔出虎咬刀。

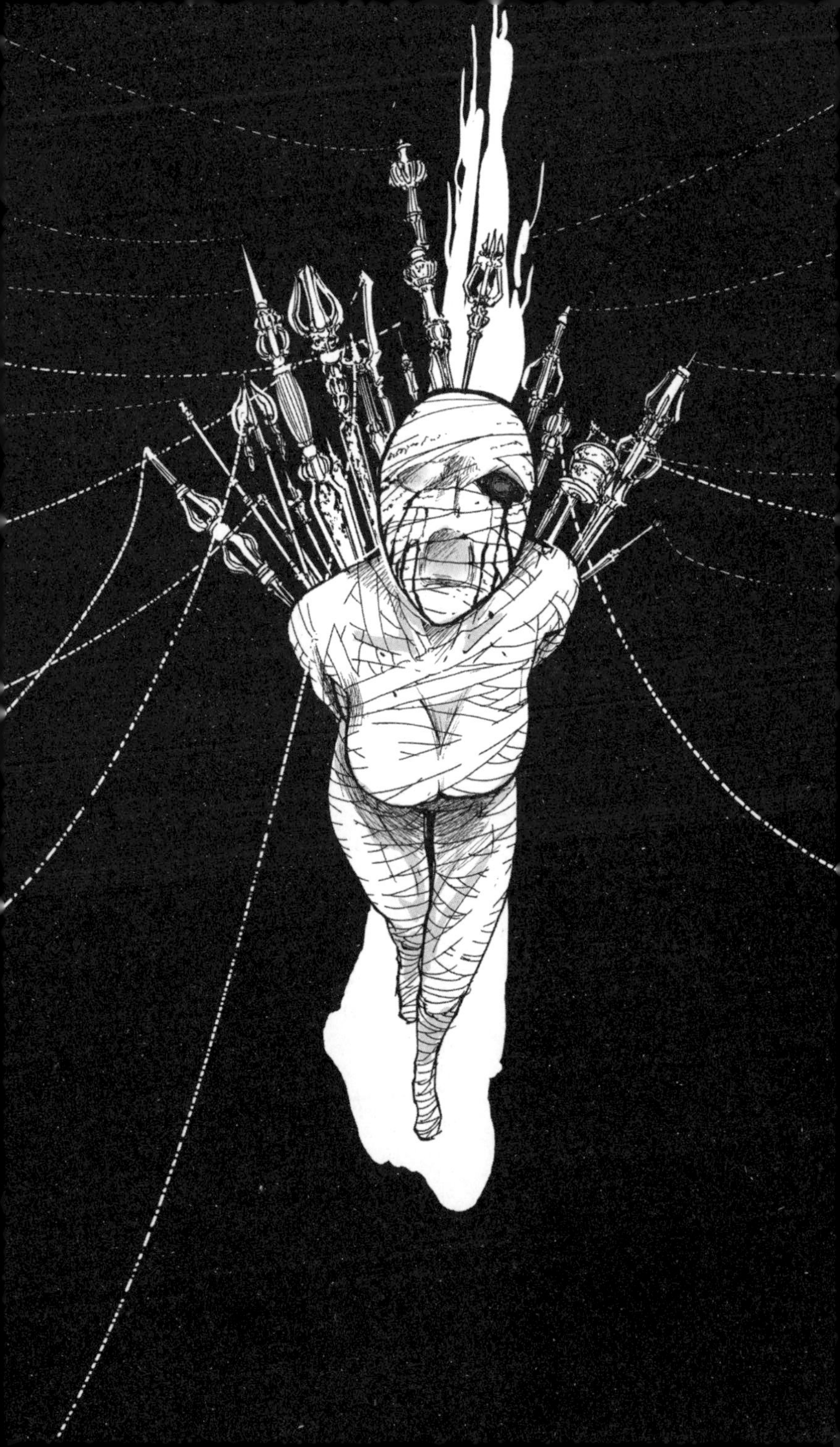

金黃色的火焰在虎咬刀刀刃上閃動燃燒起來，深紅色的刀鞘上也同時燃動著彷如火焰的光風。

「吼——」紅黃相間的大虎倏地在伊恩背後現身，仰長了頸子吼出幾聲能夠比擬遠空巨雷的虎嘯。

女人一揚手，一道狀如新月的紅光閃電般橫斬伊恩頸子。

伊恩則是幾乎在同一刻，飛快豎起虎咬刀，以虎咬刀的刀刃迎向那紅光橫斬。紅光裂成兩半，殘餘的血色光風竄到了伊恩背後遠處，消散在狂風暴雨之中。

「啊！她……她是七魂裡的……是老大你的……」張意直到這時，才從那女人揚手揮來的紅光，認出她便是摩魔火口中的「大嫂」。

「她的名字叫作……」伊恩說了個日文名字，那並非常見的日文名，而且相當冷僻。但跟著他似乎覺得不妥，便說：「不過她比較喜歡『切月』這個外號，過去除了我以外的人，隨便喊她本名，會被割舌頭的……你最好還是叫她『大嫂』，或『切月姊姊』吧……」

「切月……姊姊？」張意聽見這切月大姊會割人舌頭，不禁嚥了一口口水，他想起先前在魔居空間，與伊恩共飲那沒有酒味的清酒時，伴在伊恩身旁的切月，溫柔得像個小女人。

那時她全身縈繞著紅光，隱約看出面貌絕美。

當時張意可不知道，切月身上那陣陣紅光，竟是血的顏色。

他還來不及細想，便見到眼前又竄來一道道艷紅銳斬。

伊恩揮動虎咬，將紅斬盡數擊碎。

一頭頭受了四指成員指揮的惡獸、厲鬼、凶屍、毒蟲、古魔竄過切月身邊，往伊恩攻來。

「哇！」張意感到四周畫面飛快竄動起來，與穆婆婆家古井庭院大戰那時，受著雪姑蛛絲操縱與安迪大戰時的情形如出一轍。

「喂，別嚇暈啦……」伊恩出聲提醒：「雖然我不知道你在夢中還會不會嚇暈，但別忘了專心對抗鬼噬。」

「專心、專心……鬼噬、鬼噬、鬼噬……」張意無意義地重複聽進耳裡的詞彙，他見到飛蟲在身邊亂竄，面前閃過一張又一張恐怖鬼臉，再被自己——伊恩的拳頭擊得東倒西歪。

「吼——」大虎自伊恩背後撲出，像是一陣暴風，所及之處，所有惡鬼屍人全像是小兔子般被拍裂咬爛，偶爾有些厲害的魔物，也僅是比其他惡鬼多捱上幾記虎掌便敗下陣去。

「那頭大老虎的年紀超過五百歲。」伊恩這麼說：「算是日落圈子裡的老前輩，他願意與我並肩作戰，是因爲他覺得被我那把虎咬刀斬過的血肉，吃來格外美味，那是他光憑凶悍虎掌和虎牙，嚼不出來的滋味。」

「什麼……」張意聽伊恩這麼說，不由得感到一陣毛骨悚然。

「而我則是看上他的凶狠無敵。」伊恩繼續說：「當時我們可是最佳拍檔，更是協會裡的頭號麻煩人物，哈哈。」

這頭紅黃相間的五百歲虎魔，過往活動範圍遍及整個歐亞大陸各處深山峻嶺，他有個很長且難以記憶的名字，有時甚至連他自己都不記得了。

伊恩則叫他「老金」。

老金是個貪吃鬼，兩百歲前什麼都吃，什麼都愛吃，食畜、食禽、食魔、食鬼，也食人，甚至連花草果菜都當成甜點小菜；老金到了三百歲時，突然開始挑食，只食惡人與惡鬼。他覺得惡鬼與惡人身體裡有種特殊腥味，他迷上了那種氣味。

四百歲之後，老金漸漸又吃膩了惡鬼與惡人，他上山下海、狩獵珍饈，總覺得填飽肚子容易，但讓舌頭到心靈都滿足卻難。

又過了近百年，百無聊賴的老金，開始啃石嚼土、咬鐵嚐毒，像是神農嚐百草般地試吃一些過去他不感興趣的東西，試著能不能找出新樂趣。

自然，他失望了，沙鐵土石那些東西一點也不好吃，還令他腸胃不適。

直到他遇上了伊恩。

那日清晨，伊恩提著新造不到一年的虎咬刀，在深山中與一個半人半魔的四指高手糾纏惡戰。

那四指高手，是個獨來獨往的大惡棍。

那惡棍十幾年間最喜歡幹的事，就是在男人面前虐殺玩弄他的妻子，或是在女人面前，將她的孩子當成零嘴啃食。

伊恩取得這傢伙的情報後，追了大半年，從天寒地凍的西伯利亞，一路追到中國邊疆，再追到印度的高山群嶺中。

那惡棍當然知道伊恩是協會除魔師，卻不知道他爲何如此執著死咬著自己不放，兩人半年裡惡鬥過十數次，有時伊恩追丟了惡棍，還繞去剷翻當地四指分支巢穴之後，再從新探聽的線索重新追上惡棍，死纏爛打。

那時伊恩的母親剛過世兩年。

凶手是一批四指凶徒。

這惡棍與那批凶徒並無直接關連，卻都與四指某一分支派別有些淵源，伊恩想從惡棍身上取得關於那派別更詳細的情報，而在得知這惡棍的事蹟之後，更是想將他大卸八塊。

惡棍當然打不過伊恩，但懂得各式各樣障眼奇術和逃脫異法，屢屢從窮追猛打的伊恩手下脫逃。

當時老金攀在一株大樹上，瞧著從遠處打到樹下的伊恩和惡棍，老金爪子上托著一顆毒果子隨意舔著，一面打量伊恩和那惡棍，像是在心裡比較誰的肉嚐起來好吃些——

那時伊恩還不到三十歲，肉質自然比年近半百的惡棍新鮮點，但惡棍身上那股獨特惡味，則是老金的過往酷愛。但此時的老金，依舊對兩人的身子和他們那眼花撩亂的法術亂鬥提不起興趣。

「一群小貓……」老金見到伊恩施法招出了虎咬刀裡十六頭虎豹獅魔，將那惡棍團團圍住，只不屑地打了個哈欠像是想要睡個回籠覺，他打算下午找條溪流捕點魚，想試試用毒花、毒葉、毒果子烹魚的味道。

但陡然之間，一股神祕氣味令半夢半醒間的老金睜大了眼睛。他那雙銳利眼睛和靈敏鼻子，讓他立刻知道，那股神祕氣味是從惡棍斷手截面發出——

伊恩手上那虎咬刀刀刃沾染的血跡也散發著同樣的香氣。地上那截瀰漫異香的斷手，更令老金滿嘴口水都滴到了樹下。

「吼——」老金發出的吼叫，令圍住惡棍的十六頭大型貓科魔物全往後退開一大圈。

本來被伊恩逼入了絕境的惡棍，反而逮著了機會，再一次地使出那有如泥鰍般的逃脫異術溜之大吉。

老金淌著口水躍下地來，抱住惡棍斷手磨蹭啃舔，讓那滋味感動得痛哭流涕，但他可無法細細品味，伊恩便已指揮著貓科魔物們大舉殺來。

伊恩早已發現老金，他以爲躲在樹上的老金是那惡棍的伏兵。在那段時間裡，惡棍時常設下陷阱，埋藏惡鬼大魔引伊恩上門。

伊恩和老金大戰了一天一夜。

伊恩可沒料到會在這山間碰上這種等級的凶悍魔物，他用光了全身符籙法器、耗盡了體力、犧牲了虎咬刀裡一半以上的貓科魔，也制伏不了老金。

老金更訝異眼前這年輕人類，竟然好幾次幾乎要砍下自己腦袋，過去他只在對上年歲相若的厲害魔物時，才會打得如此慘烈。

這對負傷的人與虎，在體力耗弱到了出擊一招都得停頓好久的時候，才漸漸開始用語言交談，他們各自換了數種語言之後，終於找到了彼此都能通用的語言。

然後又花了好半晌，才知道彼此沒有互鬥的理由。

跟著他們花了點時間協議停戰，又花了點時間討論那奇異香味的來由，再花了點時間養傷。

當他們總算達成共識，協力去找那惡棍，以套取伊恩需要的情資和老金覬覦的香氣時，已經是七天之後。

他們再一次找到惡棍時，已經又過了兩個月，地點也從印度來到了緬甸。

老金蠻橫地趕走了伊恩虎咬刀裡剩餘的七頭大貓，這是因爲老金隨著伊恩趕路的途中，逐漸參透了虎咬刀的祕密——虎咬刀有著特殊魔力，能夠使斬過的血肉發出獨特的馴獸氣息，令主人藉以指揮魔物狩獵敵人。

「虎咬是我第二把刀。」伊恩這麼對張意說。「我第一把刀，叫作『百咒』，那是我母親親手造給我的刀。在母親過世後，我花了許多時間，請求一個厲害的工匠，替我造出了虎咬刀。」

當時仍爲靈能者協會成員的伊恩，一心想替母親報仇，但行事間受限於協會諸多規矩限制——那些規則當中，甚至有部分是貴爲協會高層的他的父親親自擬定出來的。

當然，伊恩大可不用理會這些規矩，事實上他也時常違規。但如此一來，他便難以動用協會預算資源，進行一些規模更大的行動。

虎咬刀便是伊恩因應這些協會規則下想出來的應對辦法，他想藉著虎咬刀的魔力，指揮大貓們替他咬人，而減少親手動手斬殺四指腦袋的次數——當然，協會接不接受這種手法是一回事，至少多了些模糊和爭辯的空間，壓低某些介於灰色地帶的違規次數，好讓他替自己增取更多行動經費和資源。

伊恩並不介意老金趕跑了那些大貓，因爲十六頭大貓，再乘以三、四倍，也比不上一個老金。

而那惡棍，即便在逃亡途中，也難耐邪惡的癮。

他在當地擄了一家人，躲在陰暗的巢穴裡正玩樂到一半時，伊恩像是索命死神般闖了進來，那惡棍的巢穴裡自然有著各種防禦異術，但大都是伊恩見識過，甚至想出破解法子的舊招。

這一次，在老金協助下，伊恩順利地擒住了惡棍，也救了那無辜一家人當中的幾個倖存者。

伊恩沒有親手宰殺惡棍，而是像個大廚般地用虎咬刀替惡棍的身子「調味」，當他打探完所需情報後，才斬去惡棍剩餘的兩足一手。

料理完成。

老金開始慢慢享用。

之後，伊恩與老金達成了協議，伊恩持刀與四指作戰，老金負責收尾善後，若是當伊恩被協會盯得緊時，老金甚至可以單獨行動。

他們是朋友，不是主從，協會頂多只能規範他的行動，沒辦法規範他的朋友。

伊恩花了相當長的時間，對張意講述虎咬刀和老金的故事。

張意聽得似懂非懂，但他眼前的慘烈大戰依舊未歇，像是永無止盡。

暴雨和落雷也像是永無止盡。

超過百名以上的四指殺手，以及惡鬼大軍像是永無止盡。

伊恩和老金的體力也像是永無止盡。

黑夜，似乎也永無止盡。

伊恩像是講上了癮般，講起他母親的過往、講起他學習法術的過往、講起他的第一把刀「百咒」的厲害。

張意逐漸明白，伊恩並非喜歡講故事，而是想要轉移注意力。

他眼前這段經歷，儘管已經過去許多年，但對伊恩而言，依舊是不堪回首的一夜。

切月全身裹著厚重的符籙紗布，紗布底下沒有皮膚。

她被四指聯軍虜獲許多天，四指想將她煉成剋制伊恩的利器，同時藉著她作爲戰鬥時的保護傘，使伊恩分心、使伊恩錯亂、使伊恩發狂，再對伊恩痛下殺手。

他們的戰術沒有出錯，卻仍然失敗。

伊恩確實分心了、錯亂了、發狂了，但仍然堅持到了最後一刻。

遠方落雷漸漸止息，暴雨逐漸停歇，黑雲緩緩地散開。

看似永無止盡的黑夜，終於露出了微光。

全身浴血的伊恩單手摟著切月，任由切月兩隻手都插在他身子裡。

老金則用全身殘餘的力氣，掛在伊恩背上，用一雙虎掌和大嘴叼著切月胳臂、抵著她嘴巴，才能阻止她挖爛伊恩內臟、咬斷伊恩脖子。

伊恩身上負著老金和切月，持著虎咬，往四指聯軍最後幾名領頭走去。

那幾個傢伙都是一等一的強手，他們遲遲未動，好幾次都覺得伊恩就要耗盡氣力了，但卻又見到伊恩再次催動出強悍的法術，揮動虎咬，斬少了他們好幾個手下。

他們本來可以逃跑，但望著模樣如此淒慘的伊恩，知道要是沒在此一舉殺他，這浩大陣仗等於前功盡棄。他們失去了大多數手下，卻只換得一個更凶、更強也更恨他們的伊恩的長期獵殺。

他們沒有退路，終於下定決心，各自施展全力，對伊恩發動起最後一輪猛攻。

張意見到身子再一次騰空，避開了各式各樣撲到面前的法咒攻擊，攀在他身上的老金和切月，身子四肢隨風亂甩。

他感到腹間隱隱作痛，那是當時切月插在伊恩身子裡的手造成的痛苦。

伊恩斬下一個四指聯軍領頭的頭。

老金探長了腦袋，伸舌舔了那領頭斷頸一口，一夜下來，他早已飽得吃不下任何東西了。

張意無法理解伊恩那一夜明明沒有華西夜市金庫大鐔、明明沒有古井魄質，爲何能夠一次又一次地在疲累至極的情況下，施展出新一波不可思議的攻勢。

倒數第三個聯軍領頭被攔腰斬斷。

倒數第二個聯軍領頭決定逃跑，被伊恩追上，一刀刺穿心臟。

最後一個聯軍領頭趁著伊恩虎咬刀還插在倒數第二個聯軍領頭身體中時，撲上伊恩後背，催動強力邪術，將伊恩連同老金、切月，都籠罩在青色毒火裡。

切月身上的紗布燃燒起來，她發出了痛苦的慘號。

憤怒的老金使出過去吃沙嚼石那最後一丁點力氣，鼓動後背金紅虎毛，炸出一陣金火撲散青色毒火之後，吐著舌頭癱軟墜地。

伊恩摟著全身紗布盡碎的切月，望著她那雙紅色眼睛，和鑽滿毒蟲、釘滿怪針、縫滿符線、埋滿各種奇異道具的無皮血體——將虎咬刀送入最後那領頭頸子裡，同時灌入八道咒術，將那領頭上半身炸得四分五裂。

伊恩抱著切月，坐在樓宇高處，藉著遠方升起的晨光，終於看清楚糾纏在她骨肉中那密密麻麻的千種邪術，大多是禁錮、控制和各種施虐法術。

張意默默看著伊恩顫抖的雙手，焦迫急切地在切月身上各處摸索，像是不知該如何著手救治她，甚至還被幾隻自切月骨肉間鑽出的怪異術蟲咬著手指不放。

張意的視線漸漸模糊起來，一滴滴的水落在切月血紅色肉上、那一根根怪釘和符籙上，讓他以爲又下起雨了——

那是伊恩落下的眼淚。

他感到全身發麻，胸中竄起一陣又一陣的酸楚痛苦，彷彿一夜惡戰裡捱下的每一記刀劈鬼咬，都沒有此時此刻痛苦難受。

即便是伊恩，也沒辦法拯救眼前的切月。

一陣嗡嗡聲響自遠方逼近，張意的視線一下子拉高，只見到天色逐漸晴朗，密雲早已消散，並沒有下雨。

幾架直升機飛來，那是終於抵達的協會援軍。

大批協會成員蜂擁圍上，將伊恩和老金、切月分別抬上擔架。

有幾個年輕的協會成員，見到切月的身子，甚至嚇得腿軟，驚恐向治療組員求救。

癱在擔架上的伊恩，瞥見遠處幾個協會成員，正忙著拼湊那些四指成員屍身，一面做著筆記，知道他們在計算自己的違規次數，忍不住呵呵笑了。

數週之後，伊恩傷勢痊癒，他沒有參加協會催促了多次的檢討會議，而是直闖倫敦總部，取回那被扣押的虎咬刀，還闖入幾處囚室和病房，搶出被軟禁的老金，以及正接受著消極治療的切月、明燈和霸軍等昔日夥伴。

他像隻大蝸牛般，將老友和愛人們的身體用法術綁在背上，將自己的協會證照砸在那目瞪口呆的高層主管的辦公桌上，跟著拔出虎咬刀，將那張證照連同辦公桌一併劈成兩半。

他還搶下那高層主管手中的電話，透過總部大樓裡的擴音設備，向總部大樓裡所有人宣布，自己正式脫離靈能者協會，從此不再聽協會指揮。

他要用自己的方式來實現目標——

讓四指從地球上消失。

當天正在早一梯次的檢討會議上受審、同時等待著審判伊恩的紳士，聽見了擴音設備裡傳出的伊恩的聲音之後，立刻捏著小鬍子站起身來，笑咪咪地向與會成員道別，聲稱自己找到了人生的新方向。

五小時後，日本的清原長老聯合了幾個亞洲協會要員，共同退出協會，宣稱全力協助伊恩實踐目標。

03重建

台中航空站窗外天空從紅橙轉爲深紫，再到漆黑。

航廈內的時鐘指針剛走過六點三十分。

青蘋等人聚在航廈餐廳裡用餐。

「安迪他們有動作了。」盧奕翰滑了滑手機，檢視著通訊軟體的群組訊息。

餐廳一面液晶螢幕上的跑馬燈字幕，也跑動著與黑摩組相關的即時訊息——這是靈能者協會內部專用的臨時新聞頻道，由臨時編制成的小組整合各種訊息後，統一發布，讓身處各地的協會成員能夠在第一時間內，得知當前情勢和高層指示。

青蘋、孫大海等人紛紛停下手中刀叉，望向盧奕翰或是液晶電視。

盧奕翰拿起手機，向青蘋和孫大海展示。「協會偵測到蘇澳黑夢的力量有變化，向穆婆婆雜貨店方向推進。」

「你們還有這種東西？」青蘋訝異地見盧奕翰手機上那ＡＰＰ的顯示方式，就像是天氣預報一樣，列出幾處地名和各自數值變化。

某些特定地區，甚至結合地圖，顯示出猶如衛星雲圖般的畫面。

「好樣的。」夜路舀著濃湯送進嘴裡，睨眼瞧著盧奕翰。「原來協會一直監視著蘇澳那邊的動靜，但從頭到尾除了你，沒半個人出面幫穆婆婆……」

「第一線沒人手呀……」盧奕翰無奈地說：「能夠打的不是派進黑夢救援受困夥伴，就是駐守清泉崗跟台中港，否則外國援軍根本不敢上岸。」

他搖了搖手機，繼續說：「這程式我也是到了這裡才安裝的，他們這幾天才寫好，是協會停在各地的偵測車傳回來的黑夢力量變化，可以掌握黑夢大概動態——兩分鐘前蘇澳那邊的黑夢力量有了動靜，應該是黑摩組開始攻擊了。」

「不是『協會』人力不夠。」夜路哼哼地說：「是台灣分部人力不夠——協會在全球幾百個國家都有分部，之前不是說各國協會援軍已經來到近海，準備上岸了嗎？還在人力不夠？」

「撤走一大堆啦……」盧奕翰嘆了口氣。「這陣子，各地四指分支突然開始作亂，本來要登岸幫忙的協會成員，又被緊急召回去處理自己家務事……」

「看來四指總頭目在黑摩組手上的傳聞應該是眞的。」夜路哼哼地說：「安迪可以透過四指總頭目向全球四指發號施令，這招厲害；之前我們還以爲那些傢伙不知天高地厚，想要五個人打日落圈子全部，沒想到現在變成協會、晝之光和四指的全面戰爭了……」

「你們覺得……」青蘋像是更加關心穆婆婆雜貨店那方的情勢，她搶過盧奕翰的手機，盯著蘇澳的黑夢力量變化，喃喃地問：「那些人守得住雜貨店嗎？」

「他們根本不打算防守。」夜路這麼說：「畫之光想藉那口井的魄質宰下安迪的腦袋，或至少拖慢他們的腳步，讓敢死隊殺進黑夢核心——媽的這計畫也太有勇無謀了，到底誰想出來的？」

「他們是要救人。」盧奕翰白了夜路一眼，說：「他們有一堆親朋好友受困黑夢，正在受著折磨。」

「也對。」夜路倒不反駁，而是順著盧奕翰的話，轉過頭望著青蘋。「設身處地，要是我的親人或者摯愛深陷敵營，我也會不顧一切去救人。」

「有義氣。」孫大海點點頭，又說：「不過，你拿什麼救？」

「左有財、右笨狗。」夜路舉起雙掌，露出掌上的有財和鬆獅魔腦袋，認眞說：「和我滿腔熱血與一顆眞心。」

「好。」孫大海點點頭，望向盧奕翰：「你呢？若是你的愛人受困黑夢，你會去救她嗎？」

「當然會。」盧奕翰挑了挑眉。「我加入協會，就是想像順源哥一樣挺身而出，對抗邪魔歪道；如果連自己愛人都救不了，那我這十幾年豈不是白忙一場。」

「好漢子，但如果是你們愛人的外公受困黑夢呢？」孫大海這麼問著夜路和盧奕翰。

「夠了，到此爲止——」青蘋站起身來，大聲阻止了這逐漸變質的話題，她收去自己和孫大海用畢的餐盤，往餐具回收台走去，回頭說：「接下來我們要去哪裡？」

「他們還在傷腦筋……」盧奕翰苦笑說：「秦老希望我們留在這裡幫忙，我們有和黑摩組正面作戰的經驗，大海爺的神草和穆婆婆的結界都有用處，但……他們擔心穆婆婆醒來之後，會掀了整座清泉崗。」

「這……」青蘋吐了吐舌頭。

此時他們身處在清泉崗機場中的臨時據點——靈能者協會在政府協助下，徵用了台中港和清泉崗機場及周邊建物，作爲整條中部封鎖線的主要據點。

此時尚未被捲入黑夢淺層地帶的城市，正以恐怖份子發動生化攻擊的名義，進行大規模的居民撤離和避難。

電視新聞上，安迪和鴉片、邵君等人紛紛被冠上恐怖份子的頭銜，名嘴們口沫橫飛地講著他們曾經和安迪就讀同一所小學時的所見所聞，或是在某家咖啡廳裡見到煮咖啡的莫小非時的心動，以及現在看見她的懸賞照片時的反差感受。

青蘋等人雖然感到滑稽好笑，但倒也不覺得誇張，黑摩組幹的事情，確實就是貨眞價實的恐怖攻擊。

「所以，我的手術被安排在明天？」夏又離剝著橘子。

「應該是。」盧奕翰點點頭，說：「現在魏云醫生在幫那個……晝之光那個，嗯……」

「張意。」孫大海在一旁提醒。

「對，張意。」盧奕翰繼續說：「醫務組今晚得全力替那個晝之光第二任頭目進行手術，就算到了明天，可能也排不上，可能得多等幾天……魏云醫生是協會東亞總部的代表，她行程太多，還得不停參與東亞總部的視訊會議……」

「你急什麼。」夜路望著夏又離。「你的身體情況又不急，而且，天希還沒醒，讓她睡飽一點吧。」

「嗯……」夏又離苦笑了笑，說：「其實她已經醒了。」

「什麼？」盧奕翰等人聽夏又離說硯天希醒了，可都是一驚，盧奕翰立刻將擺在長桌正中的手機拉回自己眼前，像是想要緊急求援一般。

「別怕！」夏又離哈哈一笑。「她恢復正常了。」

「恢復……正常？」夜路和盧奕翰呆了呆，立刻明白硯天希是因爲遠離了黑夢淺層地帶後，神智自然也恢復正常。

「那……」夜路試探地問：「所以她現在聽得見我們講話嗎？她記得之前自己幹過的事嗎？」

「嗯，聽得見，也都記得……」夏又離點點頭。「所以她不想現身，還有……嗯，好……」夏又離低下頭，像是在聆聽著身體裡的聲音，然後說：「她說要你們別聊跟她有關的事。」

「哦。」盧奕翰和夜路點點頭，知道硯天希好面子，清醒後想起自己那段時間的胡言亂語，覺得難堪，不願見人，也不願人家提起。

「其實也沒什麼……」夜路這麼說：「天希就算沒受黑夢影響，講話大概也差不多就是那樣子，我們早就習慣她的個性了，不是嗎？」他說到這裡，還轉頭望著盧奕翰，像是想尋求盧奕翰的附和。

「你看我幹嘛？我什麼都不知道，不是叫你別聊她嗎？」盧奕翰這麼說。

「我只是想讓天希別太緊繃，輕鬆一點，沒那麼嚴重。」夜路嘿嘿地笑：「她有瘋沒瘋，差別沒有很大，不用當成是出醜，頂多以前她不會吹噓跟又離的閨房情事和吵著要吃果子……」

夜路還沒講完，便見到夏又離五官緩緩旋轉變化，化出一張凶惡的狐狸腦袋，咧開嘴巴、露出利齒，凶狠地說：「小子，你在找死？」

「我錯了，天希奶奶。」夜路立刻低下頭，拱起手朝著夏又離拜了幾拜。「請原諒我，我再也不敢了……」

「好了、好了……」夏又離揉著臉，將硯天希推回身體裡，說：「反正不急……天希說她的魔體狀況比我們以前預料中更好，她可以隨心控制變化，自由進出我的身體，像是夜路的鬆獅魔一樣，還能穿透衣服。」夏又離說到這裡，舉起左手，他左手掌心上有一個圓形傷疤，那是釘魂針的痕跡。

當時他陰錯陽差加入黑摩組，被安迪當作禮物，要獻予當時黑摩組頂頭上司鬼眼強。

鬼眼強在他手上釘了釘魂針，那釘魂針的效力持續至今，使得他體內的硯天希即使煉出了魔體，依舊和他釘在一塊兒。

「只是她不管怎麼變化，身體還是會有一小部分會和我黏在一起。未必是當時釘魂針穿過的手掌，有可能是各處。」夏又離攤手解釋，偶爾拍拍手，硯天希也會伸出狐爪，甚至是耳朵尾巴。

她像在夏又離體內翻騰游泳般地，練習著自身魔體與夏又離人體的共存方式。

「如果魏云醫生一時沒辦法分離我們，也不要緊。」夏又離說：「我會和天希研究出一套更有用的戰法，例如——」

「例如我揹著你。」硯天希的說話聲陡然自夏又離喉際發出，跟著夏又離哇地大叫一聲，整個人向後翻仰——硯天希以狐狸模樣自他背後竄出，雙足踏地擺出人類站姿，將夏又離揹在背上。

硯天希即便是狐狸模樣，兩隻狐爪也比尋常狐狸的爪子靈巧許多，能夠出墨畫咒，她揮動雙爪，畫出幾道鎮魄咒，召出幾隻大型犬乖乖在身邊伏成一圈。

「我能空出雙手，就能正常作戰。」硯天希得意地說，像是極度滿意這身煉成的魔體。「變成人樣時，手腳更靈活……」她轉過身，見夜路等人都望著她，又倏地竄回夏又離背裡。

「……」夏又離跌落在地，起身拍拍屁股，坐回座位。「大致上就是這樣。」

夜路嘴巴動了動，像是忍不住想講幾句臨時想到的調侃廢話，但又怕惹怒硯天希，便低下頭玩著碗中湯匙，一副想等夏又離不在時，再對青蘋和盧奕翰說。

「小狐魔呀，妳也別太介意之前的事了，這兒沒有人會笑妳。」孫大海這麼說：「我們感激妳都來不及了。」

「你們感激我什麼？」硯天希的聲音自夏又離喉間發出。

「那時要不是妳，單憑我們幾個，可擋不下那個莫小非。」孫大海這麼說。

盧奕翰雖未接話，卻也點頭表示同意。當時他們並不知道晝之光援軍會到，按照原本的防守計畫，在安娜切斷黑夢之後，指揮結界讓黑摩組走散，再集中力量圍攻落單的黑摩組成員；儘管成功將莫小非單獨誘入了古井庭院，但即便扣掉蝕天蟲這意外因素，全力以赴的穆婆婆加上盧奕翰和夜路，再加上三株神草，硬戰莫小非的風險依舊相當大，當時若無硯天希挺身大戰，他們即便以多打少，也未必能夠全身而退。

「哼，我可不是爲了救你們。」硯天希這麼說：「我只是討厭那臭婊子，我比任何人都想宰了那些傢伙。」

「我就說吧，天希有沒有瘋，差別並不太大——」夜路嘻嘻笑地說，見夏又離皺眉示意他閉嘴，便立刻修正了原本想說出口的話。「同樣是那麼厲害、那麼睿智、那麼美麗……」

「那些大箱子到底是什麼……」青蘋打斷了眾人的話，指著窗外。

此時他們身處在清泉崗機場的民用航空站航廈裡，靈能者協會在徵用清泉崗機場後，在軍方協助下，將整座台中航空站連同周邊軍區內外上百處大小建物，全改造布置成中部封鎖線的作戰基地據點。

此時青蘋等人身旁的大落地窗，能夠看到航空站外側道路，不時有巨型拖板車駛過，那些拖板車上載著一個個三公尺長、寬高接近一公尺半的長方石箱，每個石箱外都捆著貼有符籙的繩索。

「聽說是人工魄質。」盧奕翰這麼說：「不少外國協會分部畏懼黑夢威力，不敢直接派人協助作戰，但金錢、後勤、資源倒是給得很大方——這種大箱子裡頭裝的是人造魄質，就像是電池一樣，供應整條封鎖線的所需能量。整條中部封鎖線橫跨整個台灣，如果沒有這些人工魄質，光憑何孟超大哥一個人，大概花一百年也造不出來。」

「我看你們這資源分配得也眞不平衡，你們八成以上的人都擠在台中港和清泉崗，其他地方怎麼辦？你剛剛去聽協會的人開會，他們怎麼說的？」孫大海指著桌上一張地圖，地圖上圈著中部封鎖線各處主要據點。

只見地圖上最大兩處紅圈，便是台中港和清泉崗基地，台中港是整條中部封鎖線的起點，也是最重要的戰略地點，這兩處基地裡，聚集了包括協會外國分部支援的數百名一、二線人員。

「沒辦法呀，港口和機場是現在我們與外國分部聯繫的門戶，要是這兩個地方不安全，外援根本不敢進來。」盧奕翰指著地圖其他幾處偏僻據點說：「況且……黑夢把活人精魄當成食物，黑摩組要是從其他地方進軍，只會讓黑夢力量深入山區。相反地，現在台中港和清泉崗和豐原這道防線，無論如何也不能丟，否則後方以南，整個台中兩百幾十萬人，全都要變成黑夢的糧食了……」

「這倒也是……」孫大海聽盧奕翰這麼解釋，將地圖拉近，只見除了台中港和清泉崗，以及清泉崗東側的豐原之外，之後的東勢、新社、松鶴、太魯閣以及最東側的花蓮新城車站等臨時據點，人口確實相對少很多。

盧奕翰手機響了起來，他接起電話，講了幾句、掛上電話，對眾人說：「安娜催我們快點吃完趕去幫忙。」

「哦，她的任務不是已經完成了嗎？現在算是在售後服務？」夜路哼哼地說：「我以為她現在在找秦老收錢呢！」

「送佛送到西嘛。」盧奕翰將三明治塞入嘴裡，再一口喝下濃湯。「她很懂人情世故的，收尾收漂亮點，大家都開心嘛。」

「同工不同酬，怎麼開心得起來？」夜路瞪大眼睛，估算了一下安娜這件案子可能拿到的酬勞，跟自己受僱的日薪相比，連連搖頭嘆氣。

在夜路連串廢話中，大夥兒離開航廈，來到與清泉崗機場僅隔一條街的民宅區域。

這兒居民大多已經撤離，且協會在政府協助下，也徵用了一部分民宅作爲後勤基地與協會外國援軍、第三方異能者們的宿舍。

盧奕翰領著眾人來到巷弄裡一處低矮古舊公寓前。

經安娜改造過的妖車便停在那公寓側邊一條死巷裡。

妖車周圍聚集著不少人，郭曉春也身在其中。

那些人都是台灣各地的異能者，他們或是爲了酬勞，或爲了正義，在協會邀集下，聚集而來一同對抗黑摩組的自願軍。

他們在聽說了穆婆婆到來的消息後，都想親眼見一見這與黑摩組正面對決過的老前輩。

然而穆婆婆此時在安娜迷藥作用下，仍沉沉睡著。郭曉春攔在公寓門前，向一個又一個趕來的異能者說明情況，要他們先回住處休息。

這些異能者中自然不乏脾氣古怪者，或年歲也長的前輩人物，但他們即便不將郭曉春放在眼裡，也不敢不給郭曉春身後那坐在一張竹椅上、逗著腳邊阿毛的老頭子一個面子——

郭曉春的爺爺阿滿師郭意滿。

阿滿師和穆婆婆，可是台灣異能者老前輩裡，少數還有體力能夠親赴前線，與魔物眞槍實彈動手的大前輩了。因此這些異能者們即便不悅郭曉春擋著不讓他們進去探望穆婆婆，也不敢表現在臉上，索性圍在附近，聊聊誰的異術奇巧、罵罵黑摩組惡行，像是年節時期街坊老鄰居一般。

「又來一批人！」阿滿師遠遠地見到盧奕翰等人，扯開嗓子對郭曉春說：「曉春吶，別和他們那麼多廢話，就說穆婆婆不見客就好啦！」

「哇——鼎鼎大名的阿滿師，又見面啦，幸會幸會！」夜路伸著手向阿滿師走去。

「你是誰啊？」阿滿師瞪大眼睛，一點也沒有想伸手相握的意思。

「我……我是超人氣作家夜路呀！」夜路堆著笑臉說：「之前有緣見過您幾次，還帶著一位畫家去您家替曉春畫畫呀，您不記得了嗎？」

「替俺孫女兒畫畫？」阿滿師咦了一聲，喃喃地說：「好像有這回事……但我記得那畫家是個小妹妹呀，還有個女的，對啦！就是屋裡那個長髮安娜，哪有你這個怪小子啊！」

「有啦，阿公……」郭曉春打起圓場說：「當時就是夜路帶著阿默小姐來畫我的人像呀，安娜還要我和他較量一下。」

「較量？」阿滿師狐疑地說：「這怪小子有什麼本事和妳較量？」

「他身體裡有隻非常厲害的鬆獅犬魔。」郭曉春這麼說。

「啊！」阿滿師盯著同時召出鬆獅魔和有財的夜路，說：「我想起來了，這隻大笨狗不簡單。」

「我身爲作家兼除魔案件中間人，總是身居幕後、隱姓埋名、爲善不欲人知。」夜路托著手上的鬆獅魔，像是捧著個大南瓜般，刻意向周遭異能者展示。「當我踏上前線時，大家對我感到陌生，這也是沒辦法的事。」

「他們就是這次陪穆婆婆一同守住宜蘭的那些朋友啦，裡頭安娜姊有事找他們，他們可以進去……」郭曉春這麼說，一面催促著盧奕翰等人趕緊進去。

夜路本想再說些什麼，或是結識一下其他異能者，但被盧奕翰推進了門裡。圍在外頭的那些異能者本有意見，但見這批人有掛著協會證照的盧奕翰陪同，加上又是穆婆婆友人，也不好說些什麼。

盧奕翰等人走入那矮公寓一樓客廳，見裡頭同樣熱鬧，桐兒、梨兒、萍兒三姊妹正指揮著穆婆婆那些老鬼朋友們，擠在客廳正中整理著穆婆婆的家具行李。

「妳們在幹嘛？東西全堆在這裡做什麼？爲什麼還不把家具就定位？」盧奕翰問著桐兒等人。

「安娜姊還在造結界呢。」桐兒等三姊妹說：「小八意見很多，一下子挑剔日光燈顏色不對，一下子說小中庭沒有花圃，煩死人啦！」

「這麼講究？」盧奕翰等人這才知道安娜不但已事先透過協會，找好安頓穆婆婆的地點——這矮公寓位置和建築樣式，與穆婆婆那間雜貨店有三分相似，但安娜似乎並不滿足，她想要重建一個雜貨店結界。

盧奕翰等人走入桐兒指的那處垂有珠簾、敞開的門。

按造這公寓的原始構造，那方向通往廚房。

但眾人掀開珠簾，眼前卻是一條廊道。

這廊道的光線、牆面，與穆婆婆雜貨店一樓店面通往中庭的廊道十分相近。

眾人正驚嘆安娜心思細膩、造工精湛之時，已經走出廊道，來到應該是中庭的區域——此時這兒只是一處空蕩蕩的寬闊空間，且無天井構造，四周有幾處入口通往他處，方位和穆婆婆結界那小中庭倒是差不多。

「不對、不對……婆婆的浴缸不是長這樣子啦！磁磚小小的像小鵝蛋一樣，顏色也不對……」

小八的聲音從其中一條廊道入口發出。

眾人循著聲音找去，來到一處大小、構造都與穆婆婆臥房相去不遠的房間，房裡還空蕩蕩的，只擺著一張床，穆婆婆便躺在床上，蓋著被子、沉沉睡著。

安娜則在房中浴廁裡，拿著手機與小八爭執起各種細節樣式。

「你記錯了，明明就是這種磁磚，是三角形、不是鵝卵形。」安娜滑著手機照片裡幾張浴缸照片——他們在搬家時，也花了點工夫拍下穆婆婆臥房裡外各處照片，準備後續還原時參考。

「不對、不對！」小八盯著安娜手機，仍然不服氣地爭執：「婆婆房間廁所的浴缸，磁磚一直都是圓圓的，妳的手機壞掉了啦！」

「壞掉的手機拍不出照片，不會把圓形磁磚拍成三角形……」安娜吁了口氣，見盧奕翰等人進來，便說：「你們誰記得穆婆婆這廁所裡的浴缸，磁磚是圓形還是三角形呀？」

「誰知道啊。」夜路與盧奕翰都搖搖頭，夜路補充說：「我們又沒用過這間廁所……穆婆婆雜貨店裡起碼有一百間廁所，我每天都換不同廁所。」

「我用過……」青蘋也搖了搖頭。「但也不記得磁磚樣式……」

「何必計較這個。」孫大海哈哈一笑，說：「等穆姊醒來看她喜歡什麼樣式，讓她自己造不就行了。」

「我想讓婆婆明白，我們確實有用心考慮過她的感受。」安娜這麼說：「而不只是單純為了協會的好處，騙她離家、占她房子呀……」

「妳確實就是為了協會的好處騙穆婆婆離家呀……」夜路哼哼地說。

「穆姊大概多久後會醒？」孫大海這麼問。

「大概還有幾小時吧。」安娜說。

「現在我們人多，大家一起動手幫忙布置吧……」孫大海這麼說，左顧右盼，見到臥房旁有扇門，位置同過去穆婆婆臥房通往古井庭院的那扇門。

青蘋推開那扇門，見到外頭果然也有一個空間，大小與先前古井庭院相當，但模樣卻天差地遠，是水泥構造，且也看不見天空，像是個大停車場一般——

「沒辦法，我不會造天空……」安娜莫可奈何地攤了攤手。「且這裡沒有古井魄質，我沒力氣了……」

「先把家具歸位吧。」孫大海呵呵笑著，代替安娜指揮起眾人，將自蘇澳搬來的家具櫥櫃，和行李雜物擺回原位。

04針灸

一晚過去，到了上午時分。

航廈據點裡一處臨時醫療室附設病房裡的時鐘，指針指著七點。

「世界第一針，名不虛傳。」伊恩斷手上的獨目微微睜著，琥珀色眼瞳隱隱流轉著藍光。

伊恩整隻手按伏在軟墊上，擺放在一張病床中央。

一條銀絲纏著伊恩小指，連至同樣安放在病床上的七魂刀鞘綴飾。

斷手上插著數十支大大小小的銀針，每支針尾，都縈繞著一圈似光似水的流煙。

「過獎了。」魏云年紀約莫四十歲上下，一頭烏黑長髮，戴著銀框眼鏡，容貌文靜美麗。

她一身醫師白袍，站在病床旁，優雅地伸手拂過身旁手術架上那卷攤開的黑色長針袋，又捻出一支銀針。

那銀針有十餘公分長，比縫衣線還細，被魏云捻在手上，閃閃發亮。

魏云捏著那銀針，扎入伊恩斷手獨目右上方一公分處，跟著伸指飛快在針袋旁幾個小瓷碟上沾了些藥粉，捻指施咒一揉，在指尖揉出一團光，在剛剛插入的那支針尾上捏了捏。

「呼——」伊恩長長吁了一口氣。「我很久以前就聽說過妳的大名，可惜我當時年輕氣盛，自認打不死，否則要是當年有機會向妳學會這手針灸，應該有用極了。」

「真大口氣。」魏云挑了挑眉，說：「你的說法就好像是——若你想學，我一定願意教？就算我願意教，而你一定學得會？」她頓了頓，呵呵一笑，又說：「不過，這話出自伊恩口中，應該都成立——你或許不知道，當年你可是協會新加坡東亞總部裡，從上到下所有人的偶像呢。你曾經來教學，還記得嗎？」

「新加坡我去過許多次……」伊恩喃喃地說：「但是……教學？哦，那是很多年前的事了——那次本來是明燈老師的符術課，但他想偷懶，要我代課，那時候我也是他的學生，但他硬要我當他的助教，不過那時我還不到二十歲呀——妳那麼小就進協會了？」

「我父母都是協會成員，我從出生就是協會的一員。」魏云呵呵笑著說：「當時你們來訪的那幾天，那時我們總部裡有批學長年紀和你相近，他們打算聯手在自由練習時教訓你一頓，想讓西方協會成員瞧瞧我們東方人的厲害。」

「怎麼我不記得曾經發生過這種事？」伊恩不解地說：「我代明燈老師示範符術，只有那一次，之後幾天，的確也參加了新加坡總部裡的自由練習，但過程相當和諧呀。」

「是呀。」魏云笑著說：「因為當你代替明燈老師站在台上示範符術的時候，就已經擊潰那些學長的信心了，當時你示範的那幾樣符術，連我們總部裡幾位老師、大前輩們都辦不到，後續的自由練習，大家簡直把你當神在拜了……」

「學長們各個巴著你，想從你身上學到一招半式。」魏云繼續說：「學姊們倒是將你當成了夢中情人，還替你組織了一個小小的粉絲社團，想在你們來訪的最後一天裡，替你單獨辦個離別晚會，但最後被總部裡的老師們阻止了——那個社團，在你離開之後，還持續運作了許多年。而我也是在滿十二歲，進入法術教室之後，才被學姊們拉進你的粉絲社團裡。剛剛那些事情，都是聽學姊們說的。在那個社團裡，大家流傳著你的各種事蹟，包括你的歷任情人、完成過的任務、遭逢過的對手等等……」

「你們真是熱情。」伊恩受寵若驚。

「當然。」魏云繼續說：「在你離開協會之後，我們那個社團也被總部軟硬兼施地解散了——社團裡頭有些成員並不反對你們的理念，甚至相當同情晝之光的遭遇，大家還是持續私下聯繫，流傳著你們的一舉一動——但不包括我，我能夠理解你們的想法，但並不贊成你們的做法，我始終希望晝之光的朋友們能夠回到協會，我這麼說，希望你別見怪。」

「哈哈，我不會見怪。人們對不同事情有不同想法，合情合理；要是所有人對一切事情看法全部一致，或者被強迫一致，那才奇怪。」伊恩朗笑說：「我倒是覺得，現在這樣挺好——我雖然離開了協會，但並不反對協會處事方針和政策。我只是覺得，在面對某些極端情況時，協會缺少了最適合的手段——這樣的空缺，就由晝之光來填補；這個世界，需要你們，也需要我們。」

「據我所知，部分協會極高層人士，確實也這麼想。」魏云苦笑了笑。「可能我是個理想主義者，我無法認同這種情況，就算先不談你們行事手段上是否太過激烈這一點……我也覺得你們未免委屈了，你們替協會剷除了許多麻煩，乾淨了我們的手……」

「妳想多了，晝之光裡沒有人會介意這種事。」伊恩哈哈地笑。「我們並不偉大，也不打算想讓自己偉大，我們只是想讓四指徹底消失就夠了。」

「四指或許會消失，但會加入四指的人，永遠不會消失；即使四指消失了，那些人們仍會成立其他組織，用不同名字幹著一樣的事情。」魏云淡淡笑著說：「但如果你不在了，晝之光未必會與現在一樣，這也是我希望你們回來的緣故，健全的制度，比天才伊恩更重要。」

「好吧，我只好盡量讓自己活久一點——」伊恩打著哈哈說：「再看看到時候，你們有沒有比現在更健全一些。」

「好的，我會盡力試著幫忙推上幾把。」魏云微微笑著又替伊恩斷手插上幾枚銀針。

「哦，感覺真好——」伊恩斷手獨目眨了眨。「我覺得舒服到……就像是能長出從前那副身體一樣。」

「沒那麼厲害，但你現在每日睜眼的時間，能夠比先前長許多，而不會消耗過多魄質。」魏云笑著對伊恩解釋先前那移魂術過程中的意外狀況，所造成的後遺症，以及她的處理手法和原理。

「師兄……」

張意躺在與伊恩相鄰不遠的病床上，低聲喊著摩魔火。他的腰上裹著層層紗布，那根鬼噬短釘已被取出，釘上貼著符籙，擺在一旁矮櫃上的小盒裡。

十數個小時前，大夥兒剛抵達清泉崗，張意立刻便被送進了手術房。

當時的他，正作著夢。

那是個漫長、激昂且悲傷的夢。

夢裡的一切全是眞實事件，發生在十多年前的英國倫敦的一個暴雨夜晚。

一直到了剛剛，他才悠悠醒轉，聽著伊恩和魏云談話，他覺得口乾舌燥，想要起身討水喝，卻覺得全身無力。

摩魔火在張意頭上，阻止他亂動，生怕他打擾了魏云替伊恩施術針灸，且有一搭沒一搭地和他閒聊。「幹啥？」

「老大也學過針灸？」張意隨口問：「爲啥他跟那美女醫生聊針灸聊得那麼起勁？」

「男人跟美女聊什麼都可以聊得很起勁。」摩魔火隨意答：「何況老大身爲天才，會點針灸也不稀奇——例如在你這笨蛋身上插幾支針，讓魄質灌進你身體裡，這可不是誰都使得出來的法術，老大就可以使得輕鬆自在——當然，其實長門小姐和我也會，老大教過我們，但我們的手法就沒老大那樣乾淨俐落了。」

「是啊，你們老大確實厲害得不得了。」魏云走近張意床邊，檢視了張意腰際傷勢，說：「不過他現在眞的得好好休息一會了，他昨晚爲了壓制你身上那支釘子，幾乎透支全部力氣，我很訝異他在那種情況下，還能將七魂管得服服貼貼。」

「這個當然啦！老大不但將七魂管得服服貼貼，也將整個晝之光管得服服貼貼，就算將來有一天，老大退休了——晝之光依舊是晝之光，哼哼……」摩魔火像是有些在意剛剛伊恩與魏云那番談話當中的某些片段。「妳眞當我們全是瘋子呀？」

「我當然希望你們不是。」魏云哈哈笑著，轉身離去。「你們可都是我偶像的愛徒呢。」

魏云走後，摩魔火又低聲在張意腦袋上抱怨了好半晌——儘管伊恩說自己並不反對協會的方針、也不介意替協會幹些髒事，但晝之光裡倒是不少人爲此忿忿不平。

魏云出去不久，長門推門進來，扶起張意，餵他喝了些水。

張意這才知道，在他昏睡接近一天一夜之中，大夥從宜蘭來到了台中清泉崗，在魏云帶領的醫療團隊接力救治下，終於將安迪插在他身子裡的鬼噬取出——這整個過程裡，伊恩除了白晝的車程，一整晚都在協助醫療團隊對抗鬼噬，且在取出鬼噬後還花了許多時間反覆檢查，直到確定張意體內沒有留下任何一隻鬼，才從治療者的立場轉變成病人，讓魏云在他那斷手上針灸。

然而只有張意才知道，伊恩還陪伴著他經歷了一段多年前的暴雨黑夜。

「啊，老大告訴你那些事了啦，我說的沒錯吧，這些傢伙就會出一張嘴！」摩魔火聽張意說起倫敦大戰那時事蹟，也不覺得驚訝，而像是餘怒未消般地持續抱怨。「你問問長門小姐，是不是這樣！當初要不是老大搶出我，協會可能會把我處理掉，我不像你們有人權的，我只是隻蜘蛛！」

倫敦大戰之後，伊恩重傷，在協會醫療設施中療養。協會趁機搜索了伊恩幾處祕密據點，將伊恩用以對四指成員逼供的魔物毒蟲等全帶回協會保管，準備當成檢討會議上的鐵證；只是在派上用場前，伊恩便主動退出協會，還將這些稀奇古怪的傢伙，連同虎咬刀全搶了回去，摩魔火便是其中之一。

「對了，後來……我知道老大改用七魂，是爲了照顧切月大嫂跟明燈那些朋友，那……老金跟虎咬刀呢？他們上哪兒去了？」張意這麼問。

「老金早退休了，每天悠哉喝茶……」摩魔火這麼說。「協會治好了他的傷，也順便治好了他的異食癖。」

經摩魔火說明，張意這才知道老金在暴雨夜大戰裡，同樣受傷極重，被協會一齊帶回治療。協會在治療老金的過程中，還特別對老金的舌頭、食道和腸胃動了點手腳——令老金對被虎咬刀斬過的血肉不再感興趣。

如此一來，老金便失去了與伊恩持續合作的動機。

而脫離協會的伊恩，也不再需要藉著老金或其他大貓的牙和爪子代爲宰人——他非常樂意親自動手。且他當時正忙著尋找工匠，替切月和老友們打造一處安身之所，也就是後來的七魂。

因此老金與伊恩的合作關係也告一段落。

「老金這幾年一直在東京，住在清原長老提供的某處大別墅裡，虎咬刀就擺在那間屋子正廳裡。」長門透過神官回答。「老金並不算晝之光的成員，只是父親的朋友。這些年他從不過問父親和我們做了什麼，我們也不曾求助過他，父親只是偶爾會去找他泡茶聊天。」

「對了，妳有見過切月大嫂本人嗎？」張意望著長門。

「有。」長門點點頭，撥動戒弦令神官回答：「但只有幾次而已……他們在一起許多年，但她不喜歡人類社會，大部分時間都待在自己的家鄉，那是日本的一處深山。父親通常每年定時去探望她，每次都會待一個月左右。」

「雖然過去許多四指，甚至是協會的人，都以爲她是個凶狠魔物，但我覺得她很好，她相當溫柔。」長門繼續撥著戒弦，和肩上的神官一同望著伊恩病床上的七魂。

「她也是我見過最美的女人。」

「眞難想像……」張意無法不想起昨晚，他透過伊恩記憶的視角，見到切月那層層符籙底下受盡折磨的血紅色軀體——

一個雪白山妖，變成了血紅女魔。

他終於明白那七魂刀紅光的由來。

在長門攙扶下，張意緩緩下床，動動身子、抬抬手，腰際那傷口並未如想像中疼痛。比起清理鬼噬惡鬼，穿刺皮肉傷對魏云的治傷針術而言，只是小事一樁。

「哼哼、哼哼哼……」摩魘火攀在張意腦袋上，喘吁吁地呼著大氣，像是滿腔怒火無處宣洩。

病房外某處有一張張長椅，本來是航廈裡的候機座位，此時改成協會成員的休息區域。長門左顧右盼，找了半晌，帶著張意來到一處開放式的用餐空間，那兒擺著一條條長桌、長椅，還有處簡易吧台，擺著豐盛餐點。

「怎麼了嗎？」張意注意到頭上摩魘火有種異樣氣勢，身旁的長門也低調地垂著頭，像是想要將嬌小的自己隱藏在張意身下一般。

「哦，那傢伙也在……」摩魘火左顧右盼，對張意解釋。「沒什麼，只是看到一些熟人……其實也不算熟，過去見過面而已。喂，師弟呀，現在你得搞清楚，這個地方是別人的地盤，昨晚救你的就是這些傢伙，不過呢——你不用謝他們，是他們該謝我們才對！」

「晝之光……和協會，本來不都是夥伴嗎？怎麼師兄你的語氣，像是在講仇人一樣……」張意不解地問：「還有……老陸、小楓他們也都……」

「道不同不相爲謀。」摩魔火哼哼地說：「這些年，我們扮黑臉，宰掉一堆最凶最麻煩的人物，他們倒是樂得輕鬆扮白臉，跟各國政府保持良好關係，占了一大堆資源，還到處說我們行事偏激凶狠！我——」

摩魔火爆出一串粗口，繼續說：「就拿這個地方來說好了，要不是我們在前線游擊，黑摩組早殺下來了，這什麼狗屁封鎖線還拉得起來嗎？光憑這票窩囊廢，幹得了什麼大事？你看看那邊那幾個，還有那幾個，我都不記得他們是哪裡人了，只記得——他們都讓長門小姐打斷過手。」

「什麼？」張意呆了呆，只見魔魔火毛足所指方向，是幾個金髮洋人，另一邊則是幾個東方人。

「晝之光和協會……也會互相搶地盤？」張意這才知道長門如此低調，是因爲這兒竟有不少仇家。

「搶你個屁地盤！我們的目標是殺四指，誰有興趣跟這些傢伙搶地盤，地盤能吃嗎？」摩魔火氣呼呼地說：「一堆凶狠的四指，他們視而不見，我們出手，他們又要躲在後面監視，還動不動找我們麻煩，說我們破壞秩序——師弟，你知道我們過去怎麼對付這些爛傢伙嗎？就是打斷他們的手！」

「師兄，你講話稍微有點大聲了……」張意捧著餐點，和長門走進用餐區。

由於摩魔火剛剛那番話，可是刻意用接近叫囂的音量講出，此時整個用餐區各國協會成員的視線，幾乎都投射到張意和長門身上。

張意見剛剛那幾個被摩魔火點著的西方人和東方人，都盯著他，像是認出了長門，且露出不善的眼神，有些害怕地說：「他們會以為我在說話……」

「你說話又怎樣，你不能說話嗎？」摩魔火怒不可抑：「你不想他們以為你在說話，那我說話的時候醒目點，行了吧！」他這麼說，倏地讓自己身子長大了十數倍，像個大毛帽子般攀在張意腦袋上，還讓後背燃動紅火，果眞醒目極了。

張意憑著過往趨吉避凶的本能，來到一處他覺得目光較為和善的長桌角落坐下，他頭頂上的摩魔火猶自罵個不停，指著對面的盧奕翰和夜路，說：「說不定這兩個小子就曾經落在順源和小楓他們手裡，被打斷過手，你問問他們！」

「師兄，你別這樣，這人家地盤……」張意見到遠遠那些洋人和東方人都站起身來，像要往他們聚來，不由得低下頭。

「蜘蛛兄。」夜路又著一塊肉排放進嘴裡。「你此言差矣，我和奕翰過去是與你們小楓小姐有點糾紛，但沒被打斷手——我這手，可不是那種刁蠻姑娘折得斷的。」夜路這麼說的時候，還刻意揚起手，讓鬆獅魔從他手掌中探出腦袋，汪汪吠上兩聲，然後刻意站起身，對四周協會成員說：「在下夜路，名片發完了，不好意思，有機會合作。」

「你這招用錯地方了。」盧奕翰哼哼地說：「你要找合作對象，應該在穆婆婆新家附近找，這邊都是協會成員，誰會吃你這套。」

「那也不一定呀，就算加入協會，也可以離開，就算捨不得離開，也可以替我介紹新人啊——你們現在泥菩薩過江，自身難保，說不定讓我登高一呼，立刻一批人就投靠到我手下。秦老分明偏心，老色鬼！只愛安娜！乾脆以後我接晝之光的生意好了。」夜路是協會除魔案件中間人，過去盧奕翰和夏又離都曾是他的合作對象，但盧奕翰後來成為協會除魔師，直接聽從協會指示行動，無法再與夜路合作，夏又離體內的硯天希則難以控制，夜路一直想要找批厲害且聽話的新打手。

今早他本來吵著要盧奕翰帶他去見秦老，調高他的日薪，好不容易說服了盧奕翰，但被秦老打了回票。心中不滿，一路抱怨廢語不停。

夜路笑著對摩魔火說：「兩位是晝之光的朋友是吧，晝之光威名遠播，我夜路久仰大名，幸會幸會，希望將來有合作的機會！」

「哦？」摩魔火盯著夜路，說：「我記得你，你是……昨天帶著貓狗打架的傢伙，你不是協會成員？」

「哦——」夜路點點頭，又招出有財，將一貓一狗舉在身旁說：「沒錯，蜘蛛兄你好眼力，我如此低調行事都被你認出——如果我沒猜錯的話，閣下一定是晝之光頭目伊恩老大手下首席教官，摩魔火大人！據聞晝之光裡有支驚天地、泣鬼神的特殊部隊——夜天使，就是由你親手調教而出！」

「嗯，這也不算什麼祕密消息，大家都知道……不過我只是負責夜天使一部分的訓練課程，他們的身手得歸功他們自己。」摩魔火似乎並不討厭夜路這套奉承語氣，他說：「你告訴我師弟，過去我們晝之光是怎麼對付協會這些酒囊飯袋的。」

「師弟兄你好。」夜路收去鬆獅魔，伸長了手和張意握了握，說：「過去晝之光的人，逮到了協會成員，通常會打斷他們的手作爲教訓。」

經他們一言一語地閒談瞎扯，張意總算明白晝之光與靈能者協會儘管系出同源，但由於行事方針不同，過去也偶有紛爭，甚至會互相戰鬥。

自然，雙方成員間的戰鬥，比與四指廝殺時要留情許多，十餘年來雙方未有人喪命於對方手下。

頂多重傷。

當協會擒下某些手段凶狠的晝之光成員後，會將之囚禁一段時間，甚至嘗試剝奪他們身懷的某些法術作爲懲戒；而晝之光採取的應對措施，就是逮到了協會成員，就打斷手腳作爲報復。

身爲夜天使一員的長門，不但是協會某些人的眼中釘，且也打斷過不少協會成員手腳。

夜路和盧奕翰過去與陳順源、吳楓等晝之光成員有過幾次合作經驗，也曾被視爲「礙事者」而被俘虜——盧奕翰因爲與陳順源有些交情，並未被折斷手，夜路本來並非協會正式成員，但他將吳楓寫成自己書中主角夜英雄的愛妾之一，而被吳楓修理過許多次，甚至曾被剃成顆怪頭。

「小楓是個好女孩，我並不怪她。」夜路這麼說：「只是她並不太了解文學創作這件事，才對我有所誤解，若是摩魔火大人替我美言幾句……」

夜路還沒說完，長桌周圍已經圍來一批人。

「長門……櫻，是吧？」帶頭那人金髮碧眼、人高馬大，手上正調整著掛在耳上那耳機，一面和隨從手下交談。「她會講英語嗎？不會吧，沒關係，聽得懂就好……」

「我能翻譯大部分語言。」神官立在長門肩上，仰著頭說：「長門小姐不需要翻譯靈，你們有什麼話都可以對我說，我會替她翻譯。」

長門低著頭默默用餐，並不理會圍上她身邊的這批西方人。

「他們是美國的協會成員。」夜路側過身子，湊近青蘋臉旁，低聲說明：「協會外國部門捨不得派主力來打黑摩組，現在進來的都是些雜魚……我猜他們應該被長門打斷過手，現在看人家落單，來找麻煩了……」

「嗯……」青蘋聽夜路這麼說，習慣地掏出隨身筆記本，將這段話記下。

「講就講，貼那麼近幹啥？」孫大海捏著夜路耳朵，將他腦袋拉離青蘋臉蛋遠些。

「外公。」夜路解釋：「我是怕讓他們聽見，挑起不必要的紛爭。」

「你再不規矩點……」孫大海搖搖頭說：「就是想和我挑起不必要的紛爭了……還

有，你再叫我外公，我真要認你當外孫了。我家規矩很嚴的，外孫跟外孫女，這輩子也只能以兄妹相稱了……」

「外孫跟外孫女……你們在說什麼？」青蘋本來一本正經做著筆記，陡然發現對話內容像是出了岔，猛地將筆往桌上一拍，抬頭瞪著夜路和孫大海。

「哦，扣分，又扣一分啦！」孫大海連忙將三明治塞進嘴裡，搖頭對夜路說：「言多必失，我可幫不了你。」

「呃……」夜路本想說些什麼解釋，但見盧奕翰站了起來，擱在圍上來的那些人與張意、長門之間。

盧奕翰身上沒戴著翻譯靈耳機，比手畫腳一番。那幾個年輕外國協會成員笑了笑，調整耳機模式——不管是四指、晝之光還是協會成員，在與異國人員行動時，會透過千奇百怪的翻譯裝置，與各國敵手或是友軍溝通。

有些較爲簡陋的翻譯裝置不但語言類別少，且只能單向對佩戴者翻譯，而協會這些昂貴的翻譯耳機，還有著擴音設施，裡頭的翻譯靈們，能夠接受佩戴者指示，將佩戴者翻譯成目標語言。

「這位是世界聞名的長門櫻嗎？」那帶頭的美國協會成員這麼說：「天才伊恩的養女、夜天使的頭號殺手，據說死在妳手下的四指超過千人。」

「長門小姐說她不願意和你們講太多話。」神官簡單翻譯長門撥出的弦音。「你們有什麼事嗎？」

「哦——她說她不願意和我們說話。」那帶頭的協會成員，說：「但她打斷過我許多兄弟姊妹們的手。」

「還有我們。」另一批圍來的協會成員，大都是東方臉孔，有些是日本人、有些是韓國人。「晝之光總愛偷襲落單的協會成員，現在妳卻大大方方地在我們的地盤吃飯？」

「等等、等等……」盧奕翰張開雙手，攔著眾人，說：「這是我們的地盤，不是你們的地盤……你們長官都在遙遠的辦公室裡吹冷氣看戲，但這些晝之光的朋友，不久前還和我們共同對付黑摩組……」

「喂喂喂！」摩魘火高聲對盧奕翰說：「你攔著他們幹啥？有些人忘不了被打斷手的滋味，治好了骨折想多斷幾次不行嘛？」

「師兄，你何必這樣？」張意急急地仰頭勸阻。

「可惡的外國仔……」夜路哼哼地幫腔：「黑摩組現在就在宜蘭圍攻這些畫之光朋友，你們這麼有種，打過去呀！躲在後面堆沙包，一群大男人欺負落單小朋友！」

「小子，長門小姐不是小朋友，她已經是成年人了。」神官不悅地說。

「誰欺負她了？」「她哪是小朋友，世界上有這麼厲害的小朋友嗎？她殺死超過千個四指！」

「她殺死的四指超過千個，你殺死幾個？」夜路哎呀呀地說：「被她殺死的四指裡，有些要是沒死，說不定本來有機會殺了你呀，你還不謝謝人家！」

「師弟，你要是像這位作家老弟一樣能言善道，我就不必時時刻刻替你操心了……」摩魔火嘆了口氣，暗中抖出蛛絲，捲上張意手腳，操使著張意蹦起身來，大步走到長門與那些外國協會成員之間，揚起拳頭，扠腰挺胸。

「師、師兄你幹嘛？」張意急急地問。

「師弟呀，要不是長門小姐就在旁邊，我要拆了你骨頭啦。」摩魔火低聲嘆著氣說：「一群男人來找長門小姐碴，你躲在背後不吭聲，讓其他男人站出來說話，你自己說，這像話嗎？」

「呃……」張意聽摩魔火這麼說，瞥頭見長門默默喝著湯，胸中不由得激起一陣羞愧，他扯著喉嚨大聲說：「你……你們別……別欺負女孩子！要打就打我好了！來啊——」

「你是誰啊？」「我們幹嘛打你？」外國協會成員見張意臉紅脖子粗的模樣，都感到莫名其妙。「他也是晝之光的人？」「有沒有人認得他？」

「晝之光的目標，向來只有四指。」長門持著餐巾抹了抹嘴，持著用餐叉子，站起，來到張意身後，輕撥戒弦讓神官翻譯。「除非必要，我們都不希望發生無謂的戰鬥——我無法約束所有夥伴都這麼做，但我一直是如此。」

「若有必要，晝之光也不畏懼任何戰鬥！」摩魔火背後火毛飄揚，厲聲說：「晝之光一群人，天不怕地不怕；就算一個人，還是天不怕地不怕！」

「他們要打架呀？」硯天希的聲音從夏又離喉嚨裡發出，說：「快找個理由去湊一腳。」

「現在妳要是再去湊一腳，就眞的沒完沒了了……」夏又離這麼說，但身子突然不受控制，也站了起來，他急著說：「天希，這不關妳的事，妳幹嘛呀……」

「我想練練身手。」硯天希這麼說。「我快忘了怎麼打架了，怎麼打安迪？」

「妳快忘了打架？」夏又離說：「之前妳快要掀翻穆婆婆整個雜貨店了。」

「那時我心神不寧，不算。」硯天希說：「我還沒在清醒的時候，用魔體打架。」她這麼說的同時，倏地自夏又離背後竄出人身，此時硯天希穿著一身奇特的白衣裙，像是電視劇裡的古代裝扮——硯天希已煉出魔體，能夠以狐毛化成衣服，但她過去受困在夏又離身體內，並無人類友人，更不像其他女孩一樣有許多女性玩伴，一直以夏又離的視角看著世界，因此服裝品味十分奇特。

硯天希似乎留意到眾人盯著她的眼光裡的不自在，便連忙鑽回夏又離體內，花了半分鐘再重新現身，此時她換上俐落的短褲和緊身運動上衣，雙手還戴著一副拳套，這是MMA女子綜合格鬥比賽裡的慣見打扮。

「奕翰，這是女人打架時穿的衣服對吧？」她大聲問著盧奕翰。

「對，但是……」盧奕翰感到硯天希散發出的雄渾魄質，回頭見她竟已一副格鬥裝扮，連忙大聲喝止。「這裡不是擂台！沒有四指，也沒有黑摩組！」

「可是有人想被打斷手。」摩魔火哼哼地說。

「來、來、來，下好離手。」夜路將手拱在嘴前吆喝鼓譟。「我賭天希一個打全部。」

「不。」孫大海搖頭說：「你沒見識過長門小姐的厲害，她是大頭目的養女，她雖沒那小狐魔的百年功力，但身手十分了不起。」

「外公、夜路，你們別瞎攪和了……」青蘋推了推孫大海和夜路。

「喂喂喂，那邊幾個小毛頭想幹什麼——」一聲大喝自遠傳來，一個身穿粉色襯衫加西裝褲、身材渾圓的男人領著幾名手下急急走來。

「這胖子又是誰啊？」孫大海問。

「台北分部四大主管之一，何孟超。」夜路答。

「另一個是秦老，對吧。」青蘋翻著筆記，卻找不到過去寫的那幾頁——她寫下太多筆記，一本寫滿就換一本，她索性重新寫下一頁，標題爲：

靈能者協會台北分部四大主管

青蘋口中的秦老，是台北分部的最高指揮者，而眼前趕來這白白胖胖、像個科技公司主管的男人叫何孟超，是台北分部第二號人物，與秦老負責大部分的後勤指揮和人員調度。

「四大主管之三，賀大雷，過去負責前線突襲行動……」青蘋一面寫，一面喃喃地唸：「陳碇夫，脫離協會，加入晝之光……」

「別用『過去』兩個字嘛，這樣寫好像賀主管死了一樣……」夜路像是對青蘋的用字有些意見，將腦袋湊上去想指點一番，就被孫大海揪著耳朵拉遠：「你講話就講話，可以講大聲點，不用講悄悄話呀。」

「我怕被人聽見。」夜路說。

「你剛剛講了哪個字，是被人聽見不妥當的字呀？」孫大海瞇著眼睛問。

「好了好了！」何孟超聲音洪亮，走到眾人身前，朗聲說：「都是自己人，別傷和氣！年輕小伙子有力氣的留下來打黑摩組不好嗎？」

「我活一百多年了。」硯天希像個拳擊手般蹦蹦跳跳地對著何孟超說：「小伙子，你幾歲？」

「我五十幾，不到六十。」何孟超自然知道硯天希和夏又離的事蹟，他們過去可是協會台北分部頭號麻煩人物之一。「小狐魔前輩，妳可千萬別在這裡浪費力氣，到時候打安迪，大家還都得靠妳。」

「哦，那安迪什麼時候來？」硯天希聽見安迪，這才放下手，她與黑摩組和安迪可有著深仇大恨，之前瘋癲時想不起舊仇，現在遠離黑夢、心智恢復，一提起安迪便咬牙切齒。

「這……」何孟超抹著額上的汗，說：「可得等一陣子了。」

「等一陣子？爲什麼？」硯天希問。

「他們還在打蘇澳呀！」何孟超說：「就是你們逃出的那地方，他們要那口井。」

「他們打下那口井之後，就會來了嗎？」硯天希問。

「應該沒這麼快……」何孟超苦笑地說：「我和秦老，還有其他高層討論過，都覺得他們搶下古井後，會回頭往桃園走——我們盡力了，沒辦法撤走所有人，也沒辦法把防線往前拉，安迪他們應該會循著人多的城鎮一路南下，來到這邊得花上一段時間……」

「等等！」摩魔火忍不住插嘴：「誰說他們能打下那口井了？你這胖子，你是協會台北分部頭頭之一何孟超是吧，我知道你的專長是結界，你知道現在誰在替你們守井？是英國的紳士！」

「是、是、是，摩魔火老大。」何孟超打著哈哈說：「紳士淑女可是協會的大前輩，我怎麼會不知道，我對他佩服得不得了，要是我們的中部封鎖線有紳士淑女這種大人物坐鎮，讓黑摩組來一個死一個，來兩個死一雙，不如……」

「不如怎樣？」摩魔火氣憤地說：「紳士守著古井，是爲了牽制黑摩組五人，清原長老和淑女昨晚已從三重出發，攻入黑夢，現在應該已經殺進萬古大樓裡救人了，那地方也有你們的人，不如撤了這狗屁防線，打進去救人如何……」

「摩魔火說的是。」何孟超嘆了口氣，攤著手說：「如果我不是什麼狗屁主管，我也很想這麼大幹一場，可惜我偏偏就是這狗屁主管！」

「你可以不當這狗屁主管。」摩魔火說。

「如果我不當這狗屁主管……」何孟超哈哈大笑。「秦老這狗屁大主管，就要一個人面對狗屁黑摩組跟協會裡的狗屁高層，我於心不忍吶！」

「我懶得跟你狗屁！晚點伊恩老大醒來，我們就回去支援紳士，誰要待在這狗屁地方聽你們講這些狗屁東西——」摩魔火氣呼呼地說。

「等等、等等！摩魔火老哥，其實我是替伊恩老大送信來的……」何孟超從口袋取出一隻模樣古怪的大蜻蜓，那大蜻蜓伏在何孟超掌心，乖巧得像隻小兔子。大蜻蜓細長腹部繫著一截約莫小指粗細、長短的紙卷。

「這是陳碇夫的訊息！」摩魔火見了那紙卷，立時驚呼，拉動蛛絲操使著張意上前從何孟超手上搶下那大蜻蜓。

「我可沒偷看喲。」何孟超呵呵笑著：「雖然我跟碇夫的交情比你們好多了，但我知道這東西是要給你們的，對吧。」

「廢話……」摩魔火哼哼地從張意托高的手上接過那大蜻蜓，解開蜻蜓腹部上的青線、取下紙管；跟著，摩魔火以毛足托著那蜻蜓，頭胸上複眼閃爍。「這麼肥的蜻蜓倒是少見……」

「師兄……你肚子餓啊？」張意這麼問，由於此時摩魔火將身子變大得猶如一頂寬闊帽子，因此張意眼睛往上瞧，能夠瞧摩魔火托著蜻蜓的毛足。

「吃個屁，要吃也先吃你，這是陳碇夫派來的信差！你好好收著，別捏傷人家，待會還要靠牠回信！」摩魔火聽張意這麼問，立時將拉動蛛絲，令張意將那蜻蜓抓下，用雙手捧著。

摩魔火這麼說，同時縮小了身子，恢復成平時巴掌大小，以毛足揭開那紙卷，看了半晌，說：「這是紳士寫的，上頭，咦？嗯？」

「怎麼了？」何孟超知道那是身處蘇澳的紳士報來的訊息，是關於晝之光古井守軍與黑摩組的第一手消息，自然也亟欲知道，他探長了脖子張望，卻又不敢走近看，就怕惹怒了摩魔火。

「紳士說，他們昨晚攻入那異能者住家外圍黑夢建築裡，一路順利，宰殺不少嘍囉，但沒遇到安迪他們……」摩魔火本來不願提供任何消息給靈能者協會，但轉念一想，又將紙卷高高舉起，向何孟超展示：「紳士還說，他已收到淑女的訊號，進攻黑夢核心的行動比預期中更順利，清原長老他們已經順利攻進萬古大樓，往地下牢室前進。」

「這晝之光專用的暗號文字，你看不懂，不過協會一定有懂得的人，你找人驗驗。」摩魔火將那紙卷遞給何孟超，說：「紳士淑女第一次分頭出兵，相當順利呀，前晚那一戰，老大砍傷他們好幾人，安迪傷勢也不輕，要是你們現在全力進攻，說不定可以一舉殲滅黑摩組。」

「找人驗？我可不敢懷疑摩魔火老哥你說的話呀……」何孟超托著那張紙，左右翻看，喃喃地說：「況且我其實看得懂一些，是紳士的親筆信沒錯，這簽名上的魄質是他老人家的專屬印記——台北分部裡某些老文件上，還有他的簽名呢。」何孟超儘管嘴上這麼說，但仍然取出手機對著紙卷拍照，像是想立即將這訊息傳給身處台中港的秦老等人。

「誰是你老哥呀！」摩魔火嚷嚷地說：「你快找個能作主的人，要他立刻下令發動全面攻擊，還有，你就說伊恩老大再過一會兒就會醒來，他會帶我們去砍下安迪的人頭！」

「你也不是不知道，真正能作主的人遠在天邊……不論是我，還是秦老，還是東亞總部派來的代表，還是台中港那些外國領隊，都沒辦法下這種決定，我們只能把消息整理之後傳給倫敦，讓那些老傢伙戴起老花眼鏡看仔細之後慢慢想……啊！你說什麼，你說伊恩也能一同出戰——」何孟超一面快速按著手機，一面喃喃接話。他聽摩魔火說伊恩也願意一同出戰，眼睛便亮了亮，笑著說：「這樣那些老傢伙們說不定能快點做出決定。」

05熟悉的落葉

「謝謝你。」

神官輕輕啄了張意後腦一下。

張意呆了呆，回頭只見長門捧了杯茶向他遞來。

「妳……是說剛剛……」張意接過茶，喝了一口。「那是師兄他用蛛絲綁住我的身子……不過話是我說的喔！嘿嘿，那些傢伙有夠混蛋，他們不敢去打安迪，卻來找我們麻煩……」

「說的沒錯！」摩魔火抱著一支手機，遠遠地伏在伊恩那張病床上，毛足上還揪著一支觸碰筆——這手機是他向何孟超討來，作爲關切協會後續會議之用。手機裡有個即時通訊軟體的討論群組人頭帳號，讓摩魔火可以隨時留意何孟超等人那群組裡的最新消息。

摩魔火持著觸碰筆滑控手機，氣呼呼地說：「本來我不想把紳士的紙條給那胖子看，但是我想那黑夢核心地帶終究是險地，淑女、清原長老還有龐克、拉瑪伸、瑪麗那些傢伙正攻進裡頭，如果協會這些廢物願意一齊出兵，多少有點幫助……老大醒來，應該也會支持我的看法吧……」

「長門小姐說……」神官站在張意肩上，將長門弦音對著張意耳朵翻譯。「這世上很少有人挺身站出來保護她、替她說話，除了伊恩老大之外，你算是第二個……」

「那是因爲呀，長門小姐妳是夜天使頂尖隊員呀，當今世上除了一些魔頭級的人物，也沒多少人有本事傷害妳了。」摩魔火盯著手機，搶著替張意答話。「現在想想，我讓師弟站出來替妳說話，其實保護到的，是那些不長眼的年輕毛頭，如果眞動起手來，長門小姐妳肯定能夠折斷他們每個人的胳臂吧，哈哈——」

「師兄呀！」張意打斷了摩魔火的話，說：「長門說……她想出去透透氣，我陪她去安全點，你可以在這裡照顧老大嗎？」

「什麼？你這小子可別打什麼主意……」摩魔火聽張意這麼說，一轉身便見他們已經來到門邊，他本想跳回張意腦袋，但見到手機上的通訊群組不時傳出新訊息，又瞥見伊恩斷手手指微微顫動，像是隨時會醒，他一時難以抽身，只好急著說：「長門小姐，請妳千萬小心……」

「長門小姐說她不會有事，你好好照顧伊恩老大吧。」神官這麼說，長門也對摩魔火揚了揚她那裝著三味線的琴箱。

□

清泉崗機場內外遍布農田，某些農田中央豎著一根根近三層樓高的怪異木柱，那些高聳木柱形狀奇特，像是拼湊組合而成。柱身塗滿黑漆、寫著密密麻麻的金紅符文，還捆紮著一圈圈符籙繩飾。

數十根符籙黑柱圍成一個巨型方陣，周圍有許多大型工程車輛和工程人員，外圍則堆放著一個個巨大石箱。

方陣中央也豎立著一群石箱，那些石箱上的符字閃閃發亮。

每個石箱上的光芒亮度不一，有數批人員正忙碌地將那些符字光芒逐漸黯淡的石箱搬出，再運入新石箱，施法使之發光——

清泉崗機場周遭，有上百處類似方陣，這些方陣猶如一座座超大型發電機，供應著整條封鎖線所需能量；而那一個個裝著人工魄質的巨大石箱，則是協會外國援軍以貨輪載入台中港，再運送至此，猶如發電機的燃油。

「哇，好久沒這麼悠閒了！」張意大口吸氣，像隻被囚禁許久終於獲得自由的動物般，在田間小徑上蹦蹦跳跳。

此時清泉崗機場大部分的人員都集中在幾處工作區域，即便其他人見了長門和張意，也不會特意攔阻或盤查。

他們往人少的地方晃走半晌，迎著風欣賞四周農田。

張意只覺得今天的空氣吸起來格外清涼，心境也特別輕鬆。過去很長一段時間，摩魔火幾乎在他頭上定居，就差沒有結網築巢了，令他無時無刻都活在監視和威嚇之中。

他回頭，見到長門揹著琴箱，肩上站著神官，便問：「妳跟這隻鳥……神官大哥在一起的時間，比我跟師兄更久，妳不會覺得不自在嗎？」

「張意先生，請注意你的發言，長門小姐跟我在一起，怎麼會不自在！」神官不悅地說，突然感到自己做錯了事，只好補充：「嗯，剛剛那是我的私人發言，不是長門小姐說的話……」他說到這裡，又瞪了張意一眼，這才將張意的話翻譯給長門，然後按照長門的弦音說：「神官是我的寶貝，除了父親之外，世上和我最親的就是神官了，他就像是我的耳朵和嘴巴一樣，如果沒有他，我或許連生活都會陷入麻煩呢……」神官翻譯至此，得意地說：「你聽見沒有，長門小姐最愛我了，我也最愛長門小姐，你……啊，這句話也是我的個人意見，我不該多話，會讓人混淆長門小姐的想法。」

「也對呀。」張意點點頭，明白長門聽不見聲音也無法說話，若無神官隨侍在旁，便難以與眾人溝通，且神官不但能夠翻譯，還能替她留意四周動靜。

「神官兄，畢竟你比我師兄好相處多了。」張意這麼說：「我師兄話又多、脾氣又暴躁，又喜歡找人麻煩……啊，你可千萬別跟我師兄講喔！」

「除非必要，否則我不會說不必要的話。」神官這麼回答，即便是張意對他說的話，他也會盡責地翻譯給長門聽，然後頓了頓，再說：「長門小姐說，她會替你保守祕密的。」

「我替妳拿好了——」張意見個頭嬌小的長門，總是揹著那只大琴箱，便伸出手想替她拿。

「……」長門望著張意，微笑不語半晌，終於點了點頭，將琴箱交給他，卻不忘將銀撥放進口袋。

「長門小姐說這個地方是協會地盤，應該不會有四指出沒。」神官翻譯著長門的弦音。「要是在外頭，通常她不會讓任何人替她拿琴——接下來是我的私人發言，張意先生，這是我第一次見到長門小姐讓其他人拿她的琴，這表示她十分信任你，你可千萬別令她失望。還有，雖然長門小姐身手了得，一直給人堅強的印象，但我知道她的內心始終緊繃、有時會無故地掉淚。你必須讓她更放心地倚靠你，畢竟你是伊恩老大欽點的人，你……」

神官講到一半，聽見長門弦音，立刻也撥弦回答，好半晌才又開口：「長門小姐見我開口太久，問我怎麼會翻出那麼長一段話，我把我後頭加註的內容轉述給她，她要我別多嘴……她的意思是，我可以對你說話、你也可以和我聊天，但她要我別對你講一些太奇怪的話……張意先生，我剛剛那些話會很奇怪嗎？」

「唉，還好啦……我明白神官兄你……或者我師兄，或者是晝之光其他人怎麼看我……」張意哈哈大笑說：「在我還沒遇上你們之前，大家也是這樣看我。我知道我是個沒出息的臭俗辣，你們都覺得我高攀不上你們的長門小姐，對吧！我……我是無所謂啦，反正……」

「你說無所謂是什麼意思?你把長門小姐當成什麼了——」

神官陡然往張意臉上撲來，張開爪子要往他的臉抓去。

長門飛快探手，將神官抓回懷中。

「神……神官兄!你誤會我的意思了，我……」張意嚇得連連搖手，急急地說：「我是說……長門很好，直到現在，我都覺得……覺得自己像是在作夢一樣……」

長門本來一臉錯愕地急撥戒弦，質問神官爲什麼襲擊張意，她聽見神官弦音，抬頭見張意在說話，便靜靜聽著神官翻譯。

「如果長門能做我的老婆，那肯定是我上輩子修來的福氣……我會非常、非常、非常開心，但是如果長門心裡不願意，我也不會勉強，因爲我自己知道我……唔!」張意苦笑地說，突然唔了一聲，雙唇被長門伸手輕輕捏住了。

「長門小姐要你別再一直說自己不好了。」神官說。

「一個人好或不好，本來就不能這麼簡單地斷定。」神官似乎爲自己剛剛的失禮感到愧咎，此時便盡責地翻譯著長門的話：「這個世上，有各式各樣的人，有些人喜歡畫畫、有些人喜歡唱歌、有些人喜歡讀書，每個人喜歡的、擅長的事本來就不一樣。不是每個人都喜歡戰鬥和殺戮，不喜歡、不擅長戰鬥的人，也未必是沒用的人——」

「很久以前……」

長門鬆開手，將神官抱在懷裡，轉身望著遼闊的田野，一面輕輕撥著戒弦。

「在我很小的時候，最想做的，是每天開開心心地唱歌給世上每一個人聽；如果我有得選擇，我不想每天過著戰鬥、殺人的生活……我並不喜歡這種生活。」

長門轉過頭，望著張意，繼續讓神官以第一人稱的口吻翻譯她的弦音。

「我希望你保有現在的心，你本來就不是這個圈子裡的人，也不需要勉強自己是——你不用在意其他人的眼光，我已經將你當成了我的丈夫，你只要在意自己妻子的眼光不就夠了嗎？世上有誰規定丈夫和妻子必須做同一件工作、擅長同一件事了呢？妻子會彈琴，丈夫一定得會嗎？妻子擅長殺人，丈夫也未必要學呀……」

「我……我……」張意突然感到有股說不出的感受哽在喉間，他忍不住伸出手，輕輕環住長門的肩——由於過往摩魔火的長期訓誡，令他在短暫的瞬間，有些擔心摩魔火會突然蹦出來燒焦他的脖子。但他很快想起摩魔火此時在航廈病房裡，又見神官也沒太大反應，更感到長門不但沒有反抗，且還往他懷裡深深靠來，這才將她抱緊了些。

他像是有太多話想說，但一時不知如何開口，只好將千思萬語，濃縮成了一句——

「我……我會努力讓自己變好……」

□

穆婆婆站在公寓窗邊，望著妖車車頭上的大樹，不時低頭讀著手上那張紙條——

「這群雞婆王八羔子……」

穆婆婆早，這裡是台中。

這間屋子是協會替您安排的臨時住所，我努力仿造您舊居裡頭的模樣，但我盡力了，我不懂得造天空。

孫大海替您將古井大樹一併遷來了，現在就種在屋外那妖車的花圃上。

畫之光的人看過那大樹，大家都相信老先生的魂魄安好地在樹裡，孫大海說我這結界造得不夠好，沒天空沒陽光沒風沒水，且不太通風，要是讓小八像過去那樣替大樹施肥，可要熏昏您老人家了，所以暫時不替您將樹移進屋裡，等您醒來再作定奪。

那晚迫不得已得罪婆婆，祈望婆婆見諒。

安娜敬上

十分鐘前，穆婆婆才睜開眼睛、從床上蹦起，睨眼瞧著臥房四周，像是一瞬間即已察覺出異狀。

昨晚，安娜與孫大海等人按照當時在離開雜貨店前拍下的一張張照片，細心地將這房間布置得與穆婆婆雜貨店臥房有九成像。但那臥房終究是穆婆婆住了幾十年的地方，穆婆婆甚至在半夢半醒間，便已感到不自在。

她急忙地飛衝出房，來到那過去的古井庭院——

沒有井、沒有天空，甚至沒有草，只是間空曠的密室。

密室中央有張石桌，石桌上備著茶點小吃。

和這張紙條。

穆婆婆當然無心吃那些點心，而是捏著紙條急匆匆地奔出臥房，穿出安娜造的結界空間，來到客廳窗邊，妖車就停在窗外巷子裡。

妖車車頂上那大樹迎風搖曳，小八和英武佇在樹梢與尋常鳥兒飛繞嬉戲。

穆婆婆顫抖地打開窗，緊張地盯著那大樹。

一陣颳過樹梢的風拂來，穆婆婆閉起眼睛，深深吸了口氣。

她眼睛睜開時，不安神情消褪許多。她從風中隱約感到那大樹微微散溢出的氣息，與過去數十年間一模一樣。

她這才開始重新細讀紙條上的字，嘴裡喃喃碎罵個不停。

「婆婆——」小八遠遠地瞧見佇在窗邊的穆婆婆，開心地飛衝下來，落在窗沿，用喙啄咬著紗窗，說：「妳終於醒啦，妳看！爺爺在這兒——」他揚著翅膀指向妖車頂上的大樹，嚷嚷地叫：「咦？婆婆，妳怎麼啦，妳怎麼流眼淚啦？」

「小八子給我閉嘴！」穆婆婆見小八那一叫嚷，巷弄裡那來自各地的異能者全往窗戶聚來，便立時拉上窗簾，轉身要往廳後通往結界的廊道走。

但她聽見外頭傳來阿滿師的叫罵聲，便停下了腳步。

七嘴八舌的吵嚷聲自屋外傳進屋裡，阿滿師扯著喉嚨大罵：「都說了穆婆婆不見客，你們又擠過來幹啥啦——」

「她醒啦！」「我剛剛看到她在窗旁。」「你們這對祖孫也眞怪，大家想見見她關你們什麼事，什麼時候郭家幫穆婆婆看門來著啦？」

「啊呀——」阿滿師被眼前那要往公寓一樓大門擠來的傢伙們，吵得焦躁發怒，聽人群中有人出言不遜，氣得抄起豎在腳邊那條油布袋子，抽出裡頭那支紅底黑紋的大紙傘，嘩地張開來。

「哇！」本來往公寓擠來的異能者們，見到阿滿師張傘，嚇得退開好大一圈。

「啊呀！」在最前頭阻擋人群的郭曉春，感到身後那股嚇人戾氣，回頭見阿滿師開了傘，嚇得連忙奔回勸阻：「阿公你做啥？羌子傘怎能這樣隨便開——」

「果然是羌子傘呀！」「那是郭家鎮宅四傘裡的羌子傘。」「裡頭囚著一隻百年鹿魔呀！」

這群異能者大都聽說過郭家鎮宅四傘的威名，一聽郭曉春說話，又見阿滿師傘下竄出一股凶惡紅風，嚇得連連後退。

「爲什麼不行？這傘是俺的，俺想什麼時候開就什麼時候開！」阿滿師氣呼呼地舉著羌子傘往前走了幾步。「俺想幹啥就幹啥，俺就愛幫人看門誰管得著？剛剛那話誰說的，有種在俺的羌子面前再說一遍呀！」

自傘裡捲出的紅風凝聚成一頭高大巨獸，那巨獸有顆鹿頭，頸子以下是人身，但人身腰際下方又連著四足鹿身，遠遠看去就像是神話裡的半人馬。

「嘶——」這近一層樓高的巨大鹿魔羌子，鼓胸吸飽了氣，鹿嘴一張，發出一聲凶猛巨吼。「吼——」

那吼聲前十餘秒像是尋常鹿叫放大數十倍後，猶如尖銳警笛聲，但到了後半段卻轉而雄猛，像是電影裡的巨大怪獸嘶吼聲。

「哇——」數十名異能者讓羌子發出的巨吼嚇得連滾帶爬地退到了一、兩條街外。

阿滿師坐回竹椅，輕拍著阿毛腦袋，另一手還提著傘，任那巨大鹿魔羌子伏在身前巷弄——羌子的身子緩緩變形，體型也縮小了好幾號，還褪去了那半人身，變成尋常野鹿模樣，但體型仍然比一般鹿要碩大得多。

「阿公呀，你快把羌子收起來啦……」郭曉春揪著阿滿師的胳臂急急叫嚷：「嚇壞了協會的人怎麼辦？」

「嚇壞就嚇壞呀，嚇壞了不會去看醫生呀！」阿滿師翻著白眼，說：「一堆外國仔躲在船上不來幫忙，把俺這老骨頭從高雄挖到台中……要不是因爲碇夫跟禮珊的事兒，俺才不想蹚這渾水咧……」

「阿公──過去協會跟穆婆婆都曾經幫助過我們郭家，所以我們來報恩也是應該的呀……」郭曉春這麼說。

「是呀、是呀！」阿滿師瞪大眼睛說：「俺這不就在報恩啦，俺一把老骨頭還在幫那老太婆看門呀！那些囉嗦傢伙想進去吵她，俺不替她全趕走啦──要是那些囉嗦鬼再來煩人，俺也不再趕人，直接宰人啦──」他這麼說時，還刻意探長了脖子，將話大聲朝著聚在遠處那些異能者喊。

「交給我來就好了，你好好休息啦。」郭曉春唉聲嘆氣地勸阿滿師收傘──協會將她與阿滿師的臨時住所，安排在穆婆婆那矮公寓旁邊。郭曉春在安娜請託下，自願出面幫忙穆婆婆擋著那些想要登門拜訪的異能者，但那些傢伙之中多有數十歲的大叔大嬸，一點也不給年輕的郭曉春面子，屋裡的阿滿師看不下自己孫女不時堆著笑臉、低聲下氣地對眾人解釋穆婆婆的情況，索性自己板著臉出來幫腔擋人。

他坐了一晚，積了滿肚子氣，今早索性連傘都拿在身邊，找著機會發起飆來，要給那些異能者們一點下馬威。

「郭阿滿，謝謝你啦……」穆婆婆走出公寓，來到阿滿師椅子旁。「老太婆哪裡敢要大名鼎鼎的阿滿師替我看門吶……」她邊說，邊向阿滿師點了點頭，隨即便往妖車停駐的方向繞去。

擠在街口那批人見穆婆婆出來，立時叫嚷起來：「穆婆婆出來啦！」「穆婆婆，是我，小李呀！」「穆婆婆，妳一個人也是寂寞，大家去陪妳聊聊天、聽妳說故事好不好？」

「說個屁故事！」穆婆婆不耐地回頭叱罵：「老太婆最討厭聊天、說故事啦，想聽故事，就去找那什麼夜路，他小子最多狗屁故事，講三天三夜都講不完！」

「聽到沒、聽到沒！」阿滿師見又有人要擠過來，順手晃了晃傘，那羌子立時倏地站起，身形飛快暴長，鹿頸一伸又化爲那半人鹿模樣，一雙人臂鼓起堅實肌肉，一顆鹿腦袋也咬牙切齒、鼻孔噴氣地像是要打人一樣，將那些往前走來的異能者又嚇得退遠。

阿滿師大聲說：「想聽故事去找那什麼、什麼……」

「夜路。」郭曉春說。

「是啊，去找夜路，別來打擾老人家休息！」阿滿師哼哼地說。

「……」穆婆婆繞到妖車駕駛座旁，仰頭瞧著那大樹，跟著又在小八和英武帶領下，繞到車尾，順著那鐵梯直直往上攀，一面皺眉罵著：「那孫大海搞這什麼玩意兒，把樹種在車上？」

「婆婆、婆婆！」小八振翅說：「這妖車好厲害吶，車上還有個小廁所，我們在廁所裡拉屎，全拉給爺爺吃，爺爺吃得好開心吶——」

英武在一旁也補充：「婆婆，這樹比過去小了一點，是因爲怕路上撞著東西、且太重壓得妖車不舒服，老孫能令他長回原樣，您千萬別擔心呀！」

「哎喲、哎喲……」穆婆婆喘噓噓地沿著車尾鐵梯，攀至加蓋車廂頂部那小露台上，來到大樹旁，伸手按了按樹身，吸了口氣，這才呵呵地露出笑容。

她只見一旁一個大影晃起，竟是阿滿師讓羌子彎著胳臂，當成座椅，將自己托高上空。

「那老哥眞在裡頭呀？」阿滿師瞇著眼睛問：「但俺什麼也感覺不出來。」

「說實話，我也不知道。」穆婆婆搖搖頭。「但這樹有靈是眞的，但究竟是那死鬼的魂影響了後來的樹，還是早和樹合爲一體了……我這幾十年也弄不清楚，你又怎麼會知道……」

穆婆婆說到這裡，又吁了口氣，她見大樹安然，心情似乎挺好，話頭一轉，說：「郭阿滿，老太婆這次得謝謝你啦。你這孫女教得眞好，你這十二傘也造得眞好——老太婆可不是恭維、也不是損你，我講實在話你可別生氣，你孫女拿著你的十二傘，可比你過去還要厲害。」

「哈哈哈！」阿滿師聽穆婆婆這麼說，倒是開心仰頭大笑，得意地說：「這當然啦，俺這十二——已經是十三傘啦。本來就是要留給俺孫女的，俺孫女可是百年難見的傘術奇才，俺一直後悔當初只替那傘鬼煉了十二隻手。要是俺眼光遠點，將那傘鬼煉出二十四隻手、四十八隻手，一口氣拿四十幾支傘，俺曉春照樣能用得穩穩當當——」

「一個人拿幾十把傘那能看嗎？你把你郭家鎭宅四傘給她拿不就得了。」穆婆婆望著那鹿魔羌子。「這東西也是厲害——對啦，之前那竹子鬼怎麼了？」

「哼哼……現在沒鎭宅四傘啦……」阿滿師聽穆婆婆提起「鎭宅四傘」，連連唉聲嘆氣。「現在只剩兩傘，另一個『竹頭鬼子』好得很，躲在傘裡睡大覺，俺一起帶來啦，就等那什麼黑、黑什麼組的傢伙來嚐嚐——聽說害了禮珊小妹子的就是那些人呀。」

黑摩組虐殺陳碇夫的妻子黃禮珊這件事，早已傳遍整個日落圈子，黃禮珊和陳碇夫過去與阿滿師熟識多年。

「俺這次親自出馬，可不是來向協會報恩的。協會替俺郭家祖厝趕走不少入侵魔物，但俺也幫過協會不少忙，兩不相欠。」阿滿師正色地說：「但禮珊的事，俺怎麼也嚥不下那口氣；俺這次，是來替禮珊報仇的。」

郭家鎮宅四傘，裡頭囚著阿滿師的父親阿善師郭善良親手擒伏的四隻大魔。阿善師修煉四傘多年，將四隻大魔馴得服服貼貼。

阿滿師早年持著那鎮宅四傘在日落圈子闖出名號，年歲漸長之後，他決心要像父親一樣，煉出一套自己專屬的護身傘，再將之傳給郭家下一代繼任者。

他以十二手傘爲中心，打造其他傘，一開始十二手鬼那十二隻手上，只拿三把傘，漸漸增加到五把、再到八把，最後變成十一把傘，連同十二手傘本身，便是阿滿師晚年遠近馳名的十二護身傘。

而十二手鬼過往一隻手長年空閒，便是準備要拿郭曉春那把自幼隨身的白鶴傘。十二傘加上白鶴傘，就是阿滿師想要留給郭曉春的傳家之寶。

郭家在三、四年前，曾遭逢一次變故，郭家兩隻奴僕小鬼起了異心，行竊郭家鎮宅四傘，其中兩把囚魂傘，在當晚小鬼竊傘途中便毀壞嚴重、傘魔斃命，而被竊走的兩把傘，後來則分別被靈能者協會和郭曉春分頭奪回——

當時盧奕翰還不是協會正式成員，受了夜路邀約接下這件案子，最終成功替阿滿師奪回其中一把傘，便是阿滿師此時座下那羌子傘。

而另一把，則由正式繼承了十二傘的郭曉春親自出馬，初出茅廬的她一路追蹤那小鬼來到宜蘭，在穆婆婆協助下將傘奪回。

而陳碇夫和黃禮珊，則是過去二十年負責看照郭家的協會輔導員，協助郭家處理過大大小小的麻煩事，更曾在十餘年前帶領協會除魔師與各地南下助拳的異能者聯軍，擊退了襲擊郭家傘莊的四指大軍。

阿滿師將十二傘傳給郭曉春後，本已不再親自操傘與魔物作戰，但在得知黑摩組使用黑夢控制了整個台北，且逐步南征時，總算將那長放供桌的兩把鎮宅傘重新拿起，日夜操演，準備和黑摩組決一死戰。

「老太婆倒是沒那麼多仇好報……」穆婆婆淡淡地說：「人不犯我、我不犯人，誰來打我，我打回去就是了……」

「婆婆、婆婆，回去打跑那些壞傢伙，他們把我們家弄得亂七八糟呀！」小八振翅嚷嚷地叫：「安娜姊姊結界造得不好，小院子都不像是小院子！我想回家——」

「小八子，你傻啦，你忘了那些傢伙有多凶嗎？老太婆打不贏他們，怎麼敢回去？」穆婆婆揮手搧開小八，嘆著氣說：「真想不到老太婆一把年紀，還要蹚這渾水……」

06蚊子

「怎麼了？」

張意呆了呆，替長門提著琴箱的他，正牽著長門的手，悠閒地往航廈走，但一旁的長門突然停下腳步，他便也跟著停下腳步。

長門望著遠方田野，露出疑惑的神情。

張意望去，只見遠處田野有些霧茫茫，像是一陣被風吹起的沙塵。

但那沙塵彷彿像是有生命般，在空中飛捲飄動。

「長門小姐說不太對勁。」神官這麼說。

長門急急從張意手中拿回琴箱，快速取出三味線，微微側頭閉目。

「長門小姐說感應不出什麼……」神官繼續說：「但……她覺得不對勁。」

那股沙塵正緩緩地往清泉崗機場吹來。

張意和長門加快腳步，急急返回台中航空站。

此時航廈裡那些臨時會議區、用餐區上用以傳遞訊息的螢幕，都播放著同樣的畫面——場景是台中港據點裡的會議室，與會者包括協會台北分部最高指揮者秦老，以及外國協會援軍幾名領頭。

而身處清泉崗機場的何孟超，以及新加坡代表魏云、幾名東南亞協會分部代表，也即時同步透過視訊與會。

持著三味線的長門，立時引起某些外國協會成員的注意，他們都知道晝之光夜天使的長門櫻，見她拿出「武器」，有些人訝異、有些人不悅，但長門並未理會他們，而是一路急奔醫護區。

「嗯嗯、嗯嗯嗯……」摩魔火正專心滑著何孟超給他的那支手機，見長門和張意回來，立時問：「你們去哪透氣啦？怎麼那麼久？」

「嗯？」摩魔火見張意臉色古怪，咦了一聲，倏地飛蹦到張意身上，在他身上亂爬一陣。「你這小子……怎麼身上沾著長門小姐的香味，你……」

「沒有、沒有，我們什麼也沒做呀！」張意急得連連搖手，突然又有些得意地嘿嘿竊笑。「只有……」

「只有什麼？」摩魔火攀到張意臉上，張開毒牙對準了他的鼻子。

「摩魔火！」神官急急地說：「你別管這事，長門小姐說外頭不對勁！」

「不對勁？」摩魔火咦了一聲，攀上張意頭頂，問：「什麼不對勁？」

他們來到病房外，來到窗邊，只見本來自遠逼近的那片沙塵已經消散，全無影蹤。

「沒了？」張意對著頭頂上的摩魔火說：「剛剛有一團煙吹來。」

「煙？我沒見到有煙。」摩魔火頭胸上複眼閃閃發亮。「蚊子倒是見到不少。」

「蚊子？」張意呆了呆。

「是呀。」摩魔火拉動蛛絲讓張意身子腦袋貼近航廈落地窗，挪動身子左顧右盼。

「什麼？」張意這才見到窗外確實不停飛過一隻隻蚊子，且還有更多蚊子貼在航廈

「哪來這麼多蚊子？」

那巨大落地窗四周，他訝異地問：「剛剛那些煙……是這些蚊子？」

「什麼——」

何孟超的怪叫聲，遠遠地傳來。

這據點臨時會議區就在附近不遠，那兒像是發生了一陣小小的騷動，只聽得何孟超

怪叫怪嚷起來。

摩魔火操使張意轉身，望向遠處一面螢幕。

擴音設備傳出秦老的說話聲。

「是的，千眞萬確。這是我們過去那些老友——晝之光傳來的捷報。前線情況已經控制下來，我們已經不需要額外的第一線戰士。」秦老推著眼鏡，笑咪咪地說：「第三艦、第四艦、第五艦的朋友可以返回，第六艦、第七艦也不用出發，專心處理各地四指動亂吧。」

「什麼？什麼、什麼？」何孟超的怪叫聲在整個航廈中迴盪起來。「秦老，你那又是哪裡來的消息？」

清泉崗機場的視訊分割畫面隨著何孟超的叫聲，同時被切斷。

「怎麼回事？」摩魔火正感到不解，便聽見會議區域那兒掀起更大的騷動聲，何孟超氣急敗壞地衝了出來，往這兒奔來，遠遠地見到張意，立刻就問：「朋友，你們晝之光到底有幾支人馬？」

「什麼幾支人馬？」摩魔火愣然不解。「你說什麼？」

「秦老說你們的人已經擊敗了黑摩組，還殺了安迪呀！」何孟超瞪大眼睛，指著那遠處螢幕，跟著急急滑動手機，翻出一張照片：「剛剛開會收到的……」

「什麼？」摩魔火愣然望著那照片，照片裡的那人，確實就是安迪。

只見照片裡的安迪，雙眼微張、嘴角淌血，身子只剩下半截——腰肋以下是脫體淌洩一地的腸胃內臟。

何孟超猶自滑著手機，又翻出幾張照片，分別是莫小非、宋醫生和邵君、鴉片慘死的模樣。

「黑摩組五人都死了？」摩魔火急急攀上何孟超的手，抱著他的手指滑動手機，反覆翻看安迪等人橫死模樣。照片裡那五人，橫看豎看就是黑摩組五人，摩魔火不解地說：「這……紳士這麼順利擊敗他們？難道老大當時眞的把安迪傷得那麼重？但……但那陳碇夫的紙條又怎麼解釋？」

「是啊！」何孟超瞪著眼睛，急急揚起手中紙條。「我才剛把紙條內容傳給秦老，秦老就發布那消息，所以我才問你們到底幾路人馬？還是說……你們的人發出紙條不久，就找到黑摩組，殺了他們？再傳來新消息？」

「不對！」摩魔火說：「紳士就算發出新訊息，也該傳給我們，怎麼會傳去你們大主管秦老那兒？晝之光現在在台中就只有我們這批人啦！」

「這……」何孟超喘著氣，回頭見到台中港的會議畫面裡秦老和幾名外頭協會領頭，持續高聲闊論，講的都是不再需要人力支援，只要協會持續提供那些裝著人工魄質的石箱，持續攔阻黑夢擴散。

「我直接找他講清楚！」何孟超急急地領著手下往外走，才走出幾步，便聽見一聲奇異尖銳的警笛聲。

航廈內所有人立刻如臨大敵。

那是偵測黑夢力量的警報系統。

條條幾聲噴射聲響，航廈四周的消防灑水器灑下大片青綠色液體——那是特製的回魂羅勒藥液；同時，幾處大型筒狀物也噴出一陣陣青色氣體；航廈巨大落地窗內外都落下一道道符籙串滿的長簾。

「黑夢！黑夢來了——」何孟超雄吼一聲——他的聲音本來一向高亢而尖銳，但此時這吼聲卻渾厚如同雄獅。

隨著這記粗吼，何孟超雙眼綻放白光，雙手高高揚起吸滿了氣，再蹲個馬步往下一按，一片雪白從他腳底散開，迅速往整棟航廈擴散。

十餘秒內，張意便覺得自己像是瞬間移動般地，身處在一個完全不一樣的地方——

除了人，所有桌椅梁柱壁面全部變得雪白一片。

接下來，是漫長的寂靜。

所有人站定了不動，像是都在等何孟超的指示。

何孟超持續蹲著馬步，緊閉雙眼，微微歪斜腦袋，感應了好半晌，這才睜開眼睛。

「怪了……」他滿臉困惑，又閉起眼睛再感應一會兒，這才吁了口氣，站直了身子，大手一揮，雪白褪去，整棟航廈立時恢復原本的顏色。

何孟超抹著汗，接連點了幾個名字，大罵起來：「警報系統是你們負責的？你們搞什麼？」

「這什麼情形？」摩魔火見何孟超氣急敗壞地教訓著幾個負責警報系統的協會成員，又見到各國協會援軍自航廈各處往大廳聚來，像是都搞不清楚發生了什麼事。「他們的警報系統壞了？鬧了個大笑話？」

「不……」神官急急地說：「長門小姐說不對勁，要我們趕快去找伊恩老大。」

張意聽神官這麼說，又見長門轉身往病房方向跑，便也匆匆跟了上去。

航廈落地窗裡外那些符籙長簾緩緩升起。

長門刻意奔近窗子，看了半晌，繼續往病房奔。

「嗯？」摩魔火也拉著蛛絲操使張意往窗湊近瞧了瞧，跟著回頭向何孟超大喊：「何孟超！別說我沒提醒你，那些蚊子有古怪，千萬小心——」

「蚊子？」何孟超遠遠地聽摩魔火這麼喊，急急地領著手下奔到窗邊，往外望，不解地問：「什麼蚊子？哪裡有蚊子？」

「剛剛窗子外起碼有幾萬隻蚊子！現在一隻都沒了，肯定有問題，別大意——」摩魔火這麼說，立時又揪著張意往病房方向跑。

「你們講清楚呀！」何孟超才想追問，立刻又聽見那尖銳的警笛聲再次響起。

長門和張意也同時停下腳步。

回魂羅勒藥液再次灑下、醒魂煙霧也四處噴發。

然後警笛又停。

直到長門和張意回到病房時，那警笛聲已經第四次響起，同樣一兩秒後停止。

伊恩斷手靜靜地擺在病床上。

獨目依舊緊閉。

長門來到床前，取了乾淨毛巾，將被回魂羅勒藥液淋濕了的伊恩斷手和七魂擦拭乾淨，再以其他毛巾包裹起來，交給張意；張意則隨手將床頭小櫃上那些零碎隨身小物裝回隨身背包，包括幾支平時灌滿火毛和符籙的玻璃小瓶，和莫小非那枚戒指，以及前一晚從他身上取出的鬼噬短釘。

「師弟！」摩魔火見了莫小非那戒指，氣憤叫罵起來：「你那髒東西還沒扔呀？」

「老……老大說讓我留下的……」張意解釋。「老大說那戒指有研究價值，要我沒事可以玩玩。」

「研究價值？」摩魔火問：「四指的戒指有屁個研究價值……嗯，是伊恩老大說的？」

「是啊！」張意說：「我有幾次戴著戒指，就迷迷糊糊進入另一個世界，老大說那戒指是黑摩組用來控制黑夢的道具，裡頭應該藏著機密，要我偶爾進去摸索，但要小心就是了。」

「好吧……」摩魔火聽張意這麼說，便也不再追究，像隻落水小狗般抖了抖身子，甩去淋了一身的藥液，但才剛甩完，警笛聲再次響起，回魂羅勒藥液又嘩啦啦灑了下來。

「廢物造出的警報系統，也這麼廢物啊！」摩魔火被藥液淋得焦躁憤怒，縮小了身子繞到張意下巴躲水，氣憤抱怨起來：「這什麼鬼藥，臭死了！」

「長門小姐問……我們現在要回宜蘭和紳士他們會合，還是繼續等伊恩老大醒來？」神官這麼問。

「這……」摩魔火一下子猶豫不決，突然想起了什麼，說：「師弟，我要你保管好的蜻蜓呢？」

張意呆了呆，連忙從外套口袋中撈出那蜻蜓，此時蜻蜓仍然靜靜一動也不動地停在張意手上，像是仍然等待回信。

摩魔火接過那蜻蜓，又四處找了紙和筆，一下子卻不知該寫些什麼，喃喃地說：「老大還沒醒，要是我送走了蜻蜓，等老大醒來有事吩咐，卻沒蜻蜓送信，那怎麼辦？」

摩魔火正猶豫著，突然見到佇在病房門邊的長門身子一閃，雙手疾抓幾下，張開——

她掌心中，有三隻被揑死的蚊子。

尖銳警笛再次響起。

然後又停下。

「長門小姐說，這些蚊子——」神官尖叫。「身上帶著黑夢的氣味！」

「什麼？」張意和摩魔火陡然一驚，四顧張望，摩魔火眼睛銳利，立時瞧見病房中果然飛著幾隻蚊子，其中兩隻蚊子，正往張意竄來，他噗地吐出一團火，將那蚊子燒死，還急急地問：「師弟，你有沒有聞到？」

「聞到什麼？」張意驚慌地問。

「黑夢的氣味？」

「沒……沒有……」張意捧著伊恩斷手和七魂說：「我只聞到燒焦的味道。」

四周燈光突然同時暗去，然後又亮起，然後再暗去。

這是航廈電源被切斷之後，備用電源啓動，然後再次遭到切斷的緣故。

張意尚未反應，只見長門身邊銀光驟起。

她飛快撥弦，銀刃在她身邊飛旋閃耀；似乎在與一群看不清的敵人戰鬥。

跟著她身子一顫，銀撥和三味線同時落下地。

「怎麼了？」張意急急上前扶住長門。

長門緊緊環抱住張意，將臉埋進他胸膛。

「抱、抱著我、抱著我喲！」神官發出了尖銳的笑聲，陡然飛竄上天，卻被摩魔火射來的蛛絲緊緊裹住身子，被拉回張意肩頭。

「師弟！抱緊長門小姐——」摩魔火背後火毛燃動，將幾截蛛絲揉成針狀，分別插進張意後頸、長門頸肩和自己頭胸上，跟著在瘋癲發作的神官身子上也插了一枚蛛絲銀針。

「師兄，到底怎麼回事？」張意一手捧著七魂和伊恩斷手，一手摟著長門，不知所措。

「黑夢！真是黑夢沒錯——」摩魔火駭然大喊：「師弟，你得專心對抗黑夢。」

「什麼？」張意還沒來得及應話，便覺得脖子一癢，是摩魔火施術引流他身上魄質，灌入長門和摩魔火、神官體內。

張意天生不怕黑夢，且他身子裡的魄質，也能夠助其他人抵禦黑夢。

但這時張意背後沒有華西夜市那魄質大鐔，摩魔火從他體內引出的魄質十分稀薄，像是稀釋了的藥水，效力薄弱。

長門顫抖地轉過身，將後背貼著張意，摟著他的手往前走了幾步，撿起落在地上的三味線與銀撥，輕輕撥了撥弦，撥出幾股銀流，將自己和張意身子捲在一起。

跟著，她向摩魔火要回神官，將神官也捲在自己身上。

「長門……小姐說……黑夢……」神官怪腔怪調地說：「來了……要你們小心……啊！我是九官鳥，我不是白文鳥，混蛋！嘻嘻……啊，這不是……長門小姐說的話，是我……我是神官！我不是白文，混蛋！」

「老大、老大……」摩魔火攀到張意手上，輕輕推著毛巾裡的伊恩斷手。

「唔！你說什麼？誰在說話？」張意咦了一聲，訝然問著。

「乖乖，有聽見我說話嗎？聽得見我說話的人，都別說話喲，我要你們全部像是平常一樣，不要亂來，不要讓何孟超注意到我們，知道嗎？嘻嘻，雖然他應該已經注意到了，嘻嘻，好好玩喲——」一個古怪的說話聲音，從張意身體裡發出。

「師弟！」摩魔火拍了拍張意頸子。

拍死一隻蚊子。

「有蚊子咬你！」摩魔火這麼說：「這些蚊子身體裡有黑夢的力量，你要小心別被咬到！」

「師兄，燈都滅了，我怎麼看得見蚊子……」張意無奈地說：「還有，我剛剛聽見有人在說話！」

「誰在說話？這裡只有神官跟我會對你說話。」摩魔火這麼說，像是獵犬般在張意頭臉上巡邏，發現蚊子，立時打死。

「不知道啊，我聽見有人說話。」張意無奈地說。

「噓——通通都別說話，安安靜靜，放輕鬆，自然一點——」

那奇異聲音持續從張意身體裡、從他五臟六腑發出，傳入他的大腦裡。

「呃？師兄……」張意四顧張望。「真的……我真的聽見有人在說話！」

「長門小姐說我們……得趕快死……不對！我們得離開這個地方，嘻嘻嘻嘻！」神官身上被摩魔火扎著蛛絲銀針，在張意身體魄質加持下，勉強抵禦著黑夢的力量，但意識仍有些錯亂。

警笛一聲一聲響起。

回魂羅勒的藥液和醒魂煙斷斷續續地噴發。

長門以銀流緊緊捆縛著張意和自己，一步一步走出病房。

由於航廈那落地窗被裡外一道道厚重的符籙長簾遮著，在斷電之後，四周昏暗，但長門和張意依舊可以看出四周再次變成了一片雪白——這是何孟超的結界特徵。

「人越來越多了耶，哈哈！好好玩！」古怪聲音一直迴盪在張意耳邊。

病房外，眾人持續騷動。

何孟召集了航廈裡全部的人，在大廳結成了防守陣勢，魏云見長門出來，立時向她走來。

長門皺著眉頭，望著魏云，停下腳步，猶豫著是否該轉頭避開她，或是前去與她們會合。

她感到一陣陣暈眩，不時搖頭醒神，見魏云已經走到身邊，連忙後退一步。

魏云伸手來抓長門手腕，長門立時抬手避開，同時銀撥一揚去割魏云胳臂。

魏云動作也快，立刻收手退開，然後又往前逼來，這時她雙手多了幾根極細的銀針。

長門抵著張意，連連後退，同時飛快揚撥，將魏云扎來的銀針盡數切斷，然後就要撥弦，但一隻胖手伸來，抓住了她那握著三味線的手腕。

是何孟超。

何孟超在他這白色結界中，能夠快速游移。

長門抬膝頂在何孟超肚子上，同時揚起銀撥要往何孟超咽喉劃去，但持撥那手被魏云一把抓住。

魏云飛快地在長門手腕上扎了一針，然後退開。

何孟超也同時鬆手，摀著肚子後退老遠。

「你們想幹嘛？」摩魔火翻回張意腦袋上，朝著何孟超和魏云，吐出好大一團火。

何孟超翻了翻手掌，鼓起一片白霧，擋下了那團火，跟著問魏云：「怎樣？他們沒事吧？」

「看不太清楚，但是青色的。」魏云盯著長門手腕，說：「應該沒事，但……」魏云說到這裡，將視線放在張意臉上。

「你們別怕！」何孟超大聲說：「魏云醫生在測試你們有沒有被黑夢影響！」

長門抬起手，只見右手腕上插著那支細針，針尾閃動著微微的青光。

「你們……不是搞了個什麼封鎖線嗎？」摩魔火焦急喝問：「為什麼黑夢能夠滲入？」

「我也不知道！」何孟超神情同樣焦躁驚慌，聽摩魔火這麼問，也只能瞪著眼睛兩手一攤。

「到底是誰一直在我耳邊說話啊？」張意挖著耳朵，緊張地東張西望。

摩魔火見何孟超和魏云訝異地盯著張意，便說：「我師弟說有人和他說話。」

「誰和你說話？」何孟超瞪大眼睛。

「伊恩跟我提過你的情形，你……」魏云再次上前，伸手向張意肩頭探來，她見長門捏著銀撥的右手微微一抬，像是想要阻止她接近張意，便說：「別緊張，讓我替他看看……」

長門聽神官翻譯後，顯得有些猶豫，但仍然點了點頭。

魏云立時在張意頸際插了一支銀針。

銀針針尾閃動著耀眼青光。

「是真的！」魏云與何孟超驚呼一聲。「這小子真的完全不怕黑夢！」

摩魔火和張意這才注意到，魏云和何孟超手背上，也分別插著一根極細的銀針，針尾同樣閃動青光，但都比張意頸子上的銀針針尾的青光微弱——這是魏云用以檢視活物體內有無黑夢力量的方式。

「是那些蚊子。」長門透過神官翻譯。「牠們身體裡帶著黑夢的力量。」

「蚊子？」何孟超領著幾人走近落地窗邊，此時由於他施展出的白色結界持續作用中，整片巨大落地窗全是雪白一片。他拍了拍手，撤去結界，令航廈恢復原狀，跟著掀起符籙長簾，只見窗外還遮著一層符籙長簾，在長簾與窗戶玻璃之間，確實攀著不少蚊子，那蚊子體型大小便與一般蚊子沒有分別。

「胖子，你脖子——」摩魔火怪叫一聲。

何孟超陡然揚起手，往自己後頸一拍。

警笛再次響起。

回魂羅勒藥液和醒魂煙霧倏地又噴發起來。

何孟超盯著掌心上的死蚊，跟著翻掌，看著手背上那銀針針尾，並非青光，而是紅光。

紅光立時消失，又緩緩恢復成青光。

魏云風一般竄來，捏起何孟超的手檢視半晌，用銀針挑起他掌心蚊子細看。

「對，蚊子身體裡留有黑夢的力量。」魏云將銀針挑至眼前，她的雙眼閃動著亮白光芒。

「咦？」張意遠遠盯著魏云的動作，突然感到腦袋一麻，在那剎那，他隱約覺得自己看見了什麼——

魏云的長針上彷彿延伸出一條細線，那細線像是風箏線一般。

但比風箏線更細、比魏云的銀針更細、比髮絲還要細。

且更細、更細。

細到了張意的肉眼其實根本不應該看見的地步，但他就是覺得自己看見了，這甚至不像是視覺上的「看見」，而是他腦袋裡的投射——就像是他從剛剛開始就一直聽見的那古怪說話聲般。

「咦？咦？」張意左顧右盼，在他還沒來得及思考前，只見那細線已經瞬間消失。

「我懂了。」魏云深深吸了一口氣。「這些蚊子身上被施下了隱匿結界，身體裡藏著黑夢的力量，他們派出這些身藏黑夢力量的蚊子，飛過我們的封鎖線、飛入航空站裡，藉由蚊子叮咬，將黑夢的力量直接送入人體裡。」

「什麼！」何孟超聽魏云這麼說，駭然大驚，又從魏云手上搶回那挑著蚊屍的細針，翻看半晌，驚呼說：「我不相信世界上有人能夠將結界施在蚊子身上──」

「誰說不行，我相信伊恩老大就辦得到！」摩魔火這麼說，但有些心虛，便改口說：「雖然我沒見他用過這招……但我相信他只要想這麼做，花點時間研究，一定辦得到。」

「我知道有一個人或許辦得到。」魏云說：「四指的前任頭目──艾莫。」

「艾莫？艾莫？」何孟超抓著頭。「四指的頭目不是叫作奧勒？啊，妳是說前任頭目……四指前任頭目叫艾莫？四指前任頭目不是死很久了？」

「從來沒人真正確定艾莫死了。」魏云這麼說：「就算在協會的判定中，艾莫也只是失蹤。」

「就算那個前任頭目失蹤，怎麼又會和安迪扯到一塊——」何孟超揪著頭髮氣憤怪叫起來，像是個電玩比賽落後的孩子般焦躁跺腳。「怎麼全天底下的麻煩傢伙都和安迪聯手了？」

「什麼！何孟超這麼說？哈哈哈，笑死我了，那個死胖子笨死了！」持續自張意體內傳出的奇異說話聲音，令他焦躁難安。

同時，他覺得自己又看見了「線」。

一條、兩條、五條、十條……

遠遠不只。

他緩緩抬頭，只見航空站天花板上，遍布著密密麻麻的黑線。

像是發瘋錯亂的蜘蛛花了數年織出的傑作一般。

與剛剛一樣，這線極細、極細，細到了不該被肉眼看見，但張意就是看見了，且他還清楚「看」到了每一條線尾端，都連著一隻蚊子。

他甚至偶爾能夠感覺到蚊子振翅時的振動。

「安迪可不是第一次令我們這麼吃驚。」魏云嘆了口氣，說：「我不敢說眞是如此，但我們得做好最壞的打算，如果我們的對手多了艾莫，還有他那形影不離的妻子麗塔。那麼情勢會險峻許多。如果我沒猜錯，剛剛秦老他們的發言，或許就是在黑夢影響下說出來的……他們想切斷我們一切外援。」

「傳說安迪他們一早就俘虜了奧勒……」何孟超急急地說：「所以現在奧勒可能也變成他們手下了，四指前後任頭目當他左右手，我們還打什麼？別打了、別打了，乾脆投降算了！」他這麼說的同時，大手一揮，領著手下就要往外走。

「你去哪裡？」魏云喊著何孟超。

「我現在去台中港勸秦老投降！」何孟超推著眼鏡，大聲說：「他如果同意我的提議，那大概眞被黑夢迷昏頭啦。我再試看看能不能打醒他，打不醒的話，我也沒輒了，到時候妳自己看著辦吧……」

他這麼說，回頭繼續走，跟著像是又想到了什麼，停下腳步，對聚在大廳裡百來名協會成員說：「所有人聽好，現在我把清泉崗基地的指揮權轉移給魏云醫生，從現在開始，你們所有人都聽她指揮，反對的，大概就被黑夢洗腦了，大家圍毆他，知道嗎——」

何孟超這麼說，氣呼呼地繼續走，還將緊隨著他的幾個手下趕開。「你們跟著我幹啥？沒聽見我說的話，我自己去找秦老，你們留在這裡聽魏云指揮！」

「你別衝動！你一個人救不出秦老。」魏云急奔上前，拉著何孟超胳臂。

「要是救不出……我就揪著秦老去找賀大雷，再看陳碇夫來不來，四個人湊成一桌麻將好了。」何孟超瞪大眼睛，大力指著自己胸口。「我沒那麼厲害，沒本事在蚊子身體裡設結界，只能在我自個兒心臟裡設結界，結界一開，炸死那票王八蛋──」

「何孟超，你氣瘋了？」魏云臉色一沉，揪著何孟超手腕的力道加大了些。「你忘記自己是靈能者協會的人了？你當自己加入晝之光了嗎？」

「誰說靈能者協會的人就不能玩炸彈了？玩炸彈又不是晝之光的專利！」何孟超氣憤大罵。

「啪！」魏云搧了他一巴掌。

「我不准。」魏云冷冷地說。「你剛剛把指揮權交給我了，現在我是清泉崗總指揮，你千萬別抗命啊，我會命令所有人圍毆你。」

「什麼！」何孟超摀著臉，瞪大眼睛正想辯駁，陡然覺得全身無力，只見被魏云扣著的手腕上，除了那支測試黑夢力量的細針外，又多了一根針，那根針針尾閃動著白光，使他全身發軟使不上力。

「哈哈哈哈——何孟超在心臟裡藏爆炸法術，想要跟我們同歸於盡？」張意腦袋一麻、耳朵一癢，再次聽見一陣脆如鈴鐺的嬌笑聲，同時四周那些線的存在感變得更強烈了。

他隱約感到聚在大廳那百來名協會成員裡，有一半以上，身上都攀著蚊子。

蚊子連著線。

跟著他發覺，當那奇異話聲響起時，那些線、那些蚊子會格外醒目。

「喂喂喂……」摩魘火原先聽何孟超胡言亂語，以爲他崩潰耍賴，但聽著後續，這才知道，原來何孟超想親赴台中港救秦老，且已做好赴死準備，不禁對他有些改觀，又聽他們後續對話，便忍不住插嘴。「妳這女人……晝之光哪裡不好了？在心臟埋設結界藏爆破法術，這手段帥氣得不得了呀！妳在伊恩老大手上插那些針，讓他睡得這麼沉，連這動亂都吵不醒他，快把他叫醒，讓他指揮我們吶！」

「他手上的治療針咒還持續作用著，不能醒，至少也得讓他睡飽足八小時……他這兩天力量透支到極限，已經遠遠超過那隻手能夠負荷的範圍，他那斷手已經出現了損傷。」魏云皺眉搖頭說：「我知道你們急著回去支援夥伴，但如果伊恩那隻手使不上力，就算他醒來，也幫不上忙，且只會留下更大傷害……只是我實在想像不到黑摩組說來就來……」

「什麼……」摩魔火聽魏云這麼說，緊張地攀至張意懷中那伊恩斷手上，此時斷手外裹著毛巾，一動也不動。摩魔火知道伊恩向來喜愛逞強，要是眞如魏云所說，提早喚醒伊恩，不但使魏云那治傷針咒功敗垂成，且伊恩要是再次催動全力，斷手恐怕眞會留下傷害，反而得不償失。「那怎麼辦？我們現在……就一直在這地方等下去？」

「當然不是。」魏云終於鬆開何孟超的手。

何孟超跌坐在地，費力抬手拔去手腕上那支使他全身虛脫的銀針，氣喘吁吁地叫嚷說：「那不然怎麼辦？」

「如果秦老他們已經受到黑夢控制，那我們得撤離到安全地方，想辦法與協會聯繫，告訴他們眞實情況。」魏云轉身，對著大廳裡百餘名協會成員，指著窗外一個方向。「但是在離開前，我們得先毀掉『發電廠』。」

「什麼！」何孟超駭然大驚，大廳裡所有成員也陡然驚呼起來。

魏云口中的「發電廠」，指的是清泉崗周遭田野上那數十處堆放人工魄質石箱的巨大符陣，那些符陣能夠將石箱中的魄質傳至外圍封鎖線結界，等同整條封鎖線的能源發電機。

「我的判斷不一定正確，破壞『發電廠』會使我們會遭受巨大損失，但卻可以避免最壞的情況。」魏云這麼說。「剛剛秦老拒絕了協會持續派駐第一線的戰士，卻要求繼續提供那些人工魄質——如果我們不破壞發電廠，那麼留在這裡的人工魄質，將全部成為黑夢的豐盛糧食。」

「什麼！」摩魔火驚叫說：「我懂了，難怪紳士說找不到安迪——黑摩組打不下那口古井，他們要更多魄質來餵養黑夢，所以繞遠路來搶你們這些人工魄質。」

「要是真讓他們搶下清泉崗外面那大量人工魄質，黑夢就可以長驅南下，一路往南吞噬台灣西側所有城鎮。」魏云苦笑說：「到時候古井歸誰，也沒太大意義了。」

「……」何孟超猶豫半晌，伸手抹去臉上汗水，呢喃地說：「妳對。要是真讓安迪搶下我們的發電廠，後果不堪設想……晝之光那些朋友成天喊我們『廢物』，還真沒喊錯，他們的人在前線出生入死，我們卻在後方造了份大禮送給安迪……」

何孟超說到這裡，比手畫腳地朝著聚在大廳的協會成員點起名來：「點到的人準備一下，跟我出去破壞發電廠——」

「什麼！他們要破壞那些大石箱耶，那怎麼行，想害我們白跑一趟呀！」那怪聲音氣急敗壞地尖叫起來。「你們聽好，我要你們……」

「師兄、師兄……師兄！」張意漸漸感到不妙，他焦急地東張西望，突然瞪大眼睛——

他見到自己腳下也有一條線。

雖然那條線的末端藏在他褲管裡，但是他「看見」了，他的小腿上也攀著一隻蚊子。

他絲毫不覺得癢或是痛，但依稀「看見」那蚊子的口器，深埋在他小腿的皮肉裡。

他感到熟悉的黑夢氣息，遙遠地循著細線緩緩流來，經過蚊身，注入他的小腿。

他跟著感到這黑夢氣息，一進入他小腿皮膚，便消散無蹤。

同時他很快注意到，大廳中其他被蚊子叮著的人，可不像他一樣，能夠驅散侵入體內的黑夢。

雖然那些人眼睛睜著，甚至身體還活動著，但是張意隱隱感到，他們「睡著」了。

他們作起了夢——

黑夢。

又同時，張意也幾乎「看見」了那在他耳邊說話的人的樣子……

是個模樣俏麗的女孩。

他見過她，記得她的長相。

「師弟，你幹嘛？」摩魔火察覺到張意的異樣，攀到他臉上，用毛足拍打著他的臉，說：「你又在作白日夢？你又在玩那個戒指？」

「不、不是……」張意陡然回神，驚慌焦急，卻不知該如何解釋。「師兄，你聽我說，我剛剛突然認出……那說話的人了……」

「她……她能聽得到我們的對話！」張意急忙大嚷起來：「她知道你們要破壞那些石箱子！」

「什麼！」何孟超和魏云聽張意那麼說，陡然一驚。

「什麼？」那奇異的聲音像是也注意到了張意的動靜。「那這句話是誰說的？他聽得見我的聲音，但腦袋不受我控制？等等、等等……不要一起回答，你們那麼多人一起說話我什麼也聽不清楚……喂！剛剛那個傢伙，你是誰？我再說一次，你乖乖聽我說話，不要輕舉妄動，知道嗎？」

「什麼、什麼！」張意驚恐地嚷嚷：「妳……妳在哪裡？我知道妳是誰，我見過妳……」

「師弟，你怎麼了，你在對誰說話？」摩魔火拍著張意頸子。「你又聽見那聲音了？到底是誰？」

「是、是……」張意害怕地說：「是黑摩組兩個女人其中漂亮的那個……」

「啊！」那奇異說話聲——莫小非的聲音，再一次在張意耳際響起。「又是他——是那個不怕黑夢的小子，為什麼他也在清泉崗？」

「黑摩組裡漂亮的那個？」何孟超陡然驚叫。「是莫小非？」

「他們發現啦！」莫小非尖聲下令。「不管了，動手！」

圍在何孟超身邊五、六名手下裡的其中三人，陡然朝著何孟超發動襲擊。

第一人捏著一把匕首，刺進何孟超腰際。

第二人雙手捏著符籙，搥在何孟超背心。

第三人揚起餐刀，往何孟超頸子刺去——被魏云扣住了手腕，連人帶刀翻摔在地上。

「你們！」何孟超駭然大驚，向旁撲倒滾開，只見那兩個攻擊他的手下，竟緊追而來，像是想要繼續追擊，卻被其他手下攔下。

「怎麼回事？」「為什麼他們自己打起來啦？」「黑夢來了？」

整個航廈大廳哄然騷動起來。

「不管了、不管了，反正我們已經切斷清泉崗聯外訊號了，全部動手——」莫小非的聲音繼續下令。「通通聽好，我要你們殺了魏云跟何孟超。」

「啊！」張意聽莫小非這麼說，陡然又覺得腦袋一麻，感到一股怪異氣氛自大廳中央那百餘名協會成員發出。

他感到百來人中將近一半，身體裡的黑夢力量逐漸增強，控制著他們心神的夢境開始劇烈變化起來。

透過那些蚊子傳來了一陣陣奇異而恐怖的夢境片段。

警笛再一次激烈作響，回魂羅勒藥液嘩啦啦灑下。

「蚊子，小心那些蚊子！」張意指著航廈內高處的天花板。「蚊子的尾巴上有線，黑夢就是從那些線流過來的！」

上千隻尾帶細絲的蚊子隨著莫小非指令一同飛下，尋找獵物。本來這些蚊子由於身處高處，並未被人發現，只有張意感應得出。但群體一齊下降時，立刻便引起更多人的注意。

唰唰幾束銀刃竄上半空，橫豎揮斬幾刀，是長門撥出的銀刃，她並未以那些蚊子爲目標，而是按照身旁張意的說法，去切斷連著蚊子尾部的那些「線」。

只見航廈大廳中兩面怪異顯示板上的數字，一下子從個位數，跳增至百位數——那是探測黑夢力量的計數板，只要不是零，就會觸發警報系統，灑下回魂羅勒藥液和醒魂煙霧。

不論是打死蚊子，還是切斷細絲，黑夢力量外流溢出，都會被偵測系統察覺，長門一口氣切斷了數百條細絲，一下子溢出不少黑夢力量，自然讓這偵測系統的顯示面板數字快速飆高。

在這此時，所有人也無心計較那數字高低，因爲上百名協會成員中，有一半人全像是失心瘋般，使出渾身解數朝魏云和何孟超凶猛殺去。

自然，那些沒被蚊子叮著的協會成員，也盡力阻止夥伴相殘。

「那邊！」張意揪了揪長門胳臂，指向大廳遠處某個方位。

數十名衝向魏云與何孟超的協會成員，身上蚊子尾部的黑絲，幾乎都連至那個方向。

長門急撥兩音，銀流激竄，倏地鑽過一個個協會成員身邊或是腳下，唰地朝著張意指向那走道位置凌空亂斬十數刀。

衝向魏云與何孟超的協會成員有些突然回過神來，跌倒在地；有些減緩了速度，像是對自己的舉動感到不知所措。

也有十人左右，他們身上的蚊子細絲連至他處，或是尚未被長門銀刃斬到，仍然受著黑夢控制，遵照莫小非命令，直衝魏云兩人。

魏云動作靈巧得像是一隻貓，用最小的動作接連閃開四人猛擊，跟著在後頭衝來的六、七人腰際都插上一支針——他們立刻像是受到電擊般癱倒在地，其中幾個隨即蹦起，想要再打，卻被其他趕上來的協會成員壓制在地上。

何孟超被幾個手下扶起，臉色青慘，插在他腰間那把匕首，尾端炸出青絲，四面纏繞捆著了他雙腳；打在他後背上那拳印，則結出一條條光鏈，鎖住他雙臂——這兩招法術都是靈能者協會中的強力縛魔咒術，那三名突襲手下一出手就使出身懷絕招。

那突襲三人，及衝向魏云的十餘人，被壓制在地，還不停掙扎，一臉想要繼續惡戰的神情，但隨即紛紛轉爲呆滯，然後是驚恐——

長門在張意指揮下，接連斬斷那些人周遭黑絲，使他們脫離莫小非控制。

「怎麼了？爲什麼人一下子都跑光了？線都被斷了嗎？」莫小非的聲音在張意耳邊迴盪：「那個不怕黑夢的小子，是不是你幹的好事？你叫什麼名字，我一直記不住！」

「我、我……」張意一下子像是不知該怎麼回答，他只好說：「我叫張意……」

「張意？」莫小非哦了一聲：「什麼爛名字啊，記都記不住！你給我聽好，你勸何孟超那死胖子跟魏云趕快投降，你們逃不了了，鴉片、阿君跟宋醫生已經快到清泉崗了！你們最好別碰那些石箱，否則我要你們好看！」

「她、她說……鴉片跟阿君……還有宋醫生，已經快到清泉崗了，要你們別碰那些石箱子。」張意用最快的速度，將莫小非的話轉述出來。

「不是快到，是已經到了。」又一個女性聲音，自航廈擴音器響起。

「邵君！」何孟超驚怒大吼。

「哇，你們看外面——」協會成員之中，突然有人指著巨大落地窗嚷嚷起來。

只見落地窗外彷彿颳起了暴風，將那一道道符籙長簾颳得高高掀起。

那是無以計數的蚊子，圍繞著整棟航廈，一圈圈激速飛竄所形成的暴風。

同時，蚊子正一隻隻炸開。

每一隻炸開的蚊子，都散出一陣陣彷如破碎螢幕般的奇異幻影，幻影融入暴風，使暴風旋動更爲劇烈。

航廈裡那顯示周遭黑夢力量的顯示面板上的數字，陡然間快速飛昇，一下子跳到了四位數。

古怪黑黴快速覆上一面面落地窗。

窗戶玻璃崩出一道道裂痕。

「好樣的，果然是黑夢！」何孟超爆喝一聲，全身鼓起白風，震開幾個正手忙腳亂替他解咒的手下，還一舉震碎了七首和後背拳印竄出的縛魔青絲和光鏈，摀著腰際咬牙往落地窗方向奔去，在幾面落地窗幾乎要往內爆開的前一刻，蹲下往地上重重一拍。

整棟航廈內外，再次化爲一片雪白。

幾面本來崩出裂痕的落地窗，一下子全都變成白色堅壁。

「進來了、進來了！」張意接連指著幾個方向。「那邊、那邊，還有……那邊！」

「哼、哼哼！」何孟超像是與張意同時感應到黑夢擴張的路徑般，甚至比張意更快一步，朝著幾個方向接連伸指威喝。

「唔、唔唔……」張意一下子抬頭，一下子左右張望——他感到黑夢的力量源源不絕地快速包圍整棟航廈、往航廈內擠壓，不停地循著排水管、通風口、窗戶縫隙裡向內深入，再被何孟超揮指招去的力量擋下。

「爲什麼我們的封鎖線沒有用？」「黑夢穿過了我們的封鎖線？」「黑摩組的人來了嗎？」「是那個食人邵君？她在哪裡？」「她用我們的擴音設備說話，她在警備室裡！」

協會成員駭然騷動著，這兒大多數協會成員都沒有與黑夢正面作戰的經驗，僅有二十餘名成員是當時與何孟超一同逃出台北分部的人——其中三個，才剛因爲向何孟超出手，正被其他人壓制在地上。

「這個食人邵君，人已經在機場裡囉。」邵君的聲音再次自擴音器中發出。邵君此話一出，再次引起劇烈騷動。

「別慌！」何孟超滿額大汗，大聲喊著：「只要我結界沒破，黑夢就進不來，黑夢進不來，就算邵君親自殺到，我們一百幾十人難道打不過她一個人？」

他這麼說的同時，剛剛掙斷的那些青絲和光鏈，又自他腰際匕首和背心拳印上竄出，再次將他雙手雙腳纏得如同一顆大粽子，他奮力掙動幾下，差點要跌倒，被趕來的魏云托住胳臂，在他後背上的拳印和插在腰上的匕首周邊插了幾針，這才使青絲和光鏈停止竄長。

「何主管，對不起，我……」那三個先前受了黑夢控制，襲擊何孟超的協會成員，圍了上來，驚恐愧咎地想要幫忙，但那兩項縛魔咒術一經施展，可不是一時半刻能夠解得開的。

「別囉嗦了！這不是你們的錯……」何孟超奮力掙開光鏈和青絲，伸手搖了搖匕首，只痛得面目猙獰——這匕首不但外側生出纏人青絲，內側同樣也長出倒刺，使敵人無法輕易取出。他苦笑了笑，抹去額頭上汗水，對摩魔火說：「看，我們協會的法術夠斯文吧，頂多煩人，可不會生出一堆怪蟲餓鬼咬爛我身體。」

他話還沒完，四周白色結界再次轟隆隆震動起來。

壁面、梁柱、一片雪白的窗，紛紛崩出裂痕。

黑黴自那些裂痕爬了進來。

何孟超再次推開眾人，單膝蹲下，朝地面重擊數拳，將四處黑黴震成飛灰、裂痕併合。

「不愧是何大主管啊。」邵君的聲音繼續說：「之前台北分部能夠逃走那麼多人，也是因爲你坐鎮指揮的緣故吧。你的結界法術跟見識都令我佩服，但就是不曉得……端上桌時，味道如何，呵！」

「滋味絕對頂級，清燉、紅燒都行，煎出油來淋在飯上，香味包妳上癮。」何孟超哈哈大笑。「就是太油了點，怕妳很快就膩。」

「眞幽默。」邵君被何孟超的話逗得笑了，繼續說：「妳呢？魏醫生，藥燉妳，可以嗎？」

「我想我治不了妳。」魏云淡淡地說：「我只懂治病人，不懂治惡人。」

摩魔火忍不住插嘴：「惡過一個限度，不需要治，宰掉即可。」

「魏醫生，我不需要妳醫治我。」邵君呵呵地笑說：「妳只要乖乖取悅我、塡飽我就好了。」

魏云幾名自新加坡一同前來的隨行手下，聽邵君這番話，各個怒得橫眉豎目，紛紛大吼：「黑摩組的惡人，別躲著說話，出來！」

「如你們所願囉。」邵君笑了笑。

遠處一面白壁陡然裂開一條大縫，穿出兩隻手——左手十二指，超過半數手指都戴著戒指；右手十指，十指都裸著。

強烈的魔氣自裂縫中溢出，裂縫逐漸擴大。

邵君將臉湊到那裂縫後，瞪著眼睛往眾人瞧來，發出令人毛骨悚然的笑聲。

下一刻，她用雙臂將壁面裂縫撐得更開，再側過身，把頭擠進那裂縫，像是想直接從裂縫中強行鑽出一般。

她一直咧嘴笑著，還伸出那條長舌，舌尖上垂著一只黑紫色的嶄新舌環。

07最沒用的人

「啊！」協會成員們透過那被邵君推撐破開的白壁裂縫，看見裡頭臨時警備室血跡斑斑，紛紛驚呼起來。「警備室的人都被她殺了！」「她……她竟能徒手撕開何主管的白色結界！」

「別亂！」何孟超大喝一聲，伸手朝邵君一指，同時猛力踏地，踏出一圈白浪。

那白浪越掀越高，撲到就要擠出裂縫的邵君面前，陡地化成一排巨大白色兵刃，有刀、有斧、有重劍、有大鎚，紛紛朝邵君劈去。

「吼——」摘光右手戒指的邵君，雙眼閃耀異光，咧開大嘴猛地一吼，吼出一陣黑風，黑風在空中化為上百條黑鏽鐵支，捲住了那些白色兵刃。

一股股黑氣自邵君眼耳口鼻溢出，噴沾在白色牆上，迅速染開斑斑片片黑黴。

黑黴裡竄出一截截古怪彎曲的金屬支架、老舊天線、斑駁的招牌和廢棄紅綠燈。

邵君從那裂縫裡伸出右腳，踏入航廈大廳。

然後，她揚臂張手，接住自航廈天花板高處向下盪來的白色巨斧。

那巨斧斧身面積幾乎有一張雙人床寬闊，最厚處有數十公分。

邵君左手十二指猶如尖錐，抓進巨斧之中，崩出一道道黑色裂痕，裂痕散出黑紋，

只三秒，就將雪白大斧染成墨黑一片。

焦黑大斧崩裂成數塊砸落下地，在白色的地面上長出一座座漆黑郵筒，郵筒裡伸出一隻隻古怪血手，血手斷指亂張，又像是在求救、又像是在助威。

「她用蠻力破壞結界，直接把黑夢的力量帶進何主管的結界？」眾人見到那快速擴張的黑黴，全嚇傻了眼。

「大家後退——」何孟超吸足了氣，再次猛喝一聲，雙手同時一召，邵君面前再次掀起兩柄巨斧，一左一右往她劈去。

邵君雙手一揚，同時抓住兩面巨斧。

兩把巨斧同樣快速染黑，化成碎粉，落地後長出一株株古怪焦花，焦花一下子便長成大樹，將雪白天花板頂撐出了裂痕。

航廈四周梁柱、壁面再次出現裂痕，這是包裹在航廈外的黑夢力量，與侵入內部的邵君同時施力的結果。

幾面顯示板上的黑夢數字不停錯亂變化，已經無法呈現具體數字。

何孟超雙眼布滿血絲，臉色漲得通紅，雙手鼓足全力將結界力量催動到極限，一手高舉，對抗自外往內擠壓的黑夢力量，一手向前指，指揮白色結界對抗邵君。

「結陣！」魏云渾身閃動起金亮光芒，竄到何孟超前方，雙手捏著四枚長針，往自己頸際飛快一插。

魏云那批新加坡手下，也跟在她身後站成一排，全舉起符籙、結出手印，人人腳下溢出光流，那光流全往魏云雙腳聚去。

「封——」魏云手一揚，打出一堵光牆，轟隆隆地往邵君推去。

「是『困魔陣』！」大廳內其餘協會成員，紛紛往前，各國指揮領著手下，在魏云身後站成了數堆，各自以類似的手法，推出一面面光牆，像是築雪屋般，在緩緩走來的邵君周邊，築出厚實光壁。

「我就不相信，我們一百幾十個打不過她一個！」何孟超哼地一吼，重重再踏地，一面面光牆左右唰地亮起白光，那白光猶如水泥般，使得一道道光牆緊密黏合，將邵君困在中央。

「哦？」邵君擊出一拳，在一面光牆上擊出十數道裂痕，卻沒能一口氣擊毀光牆，這才感到眼前這靈能者協會的「困魔陣」，似乎比想像中更加堅實。

她再次股嘴吹氣，卻沒能吹出更多黑夢力量，不由得皺了皺眉，回頭一看，只見背後那壁面裂縫不知何時恢復成了完整白壁，原來何孟超封住了她退路，她引入的黑夢力量便也緩緩消散中。

「再不認眞，安迪又要罵我了……」邵君搖搖頭，摘下全部的戒指，全身旋起奇異怪風，五顏六色的花紋在她臉上身上竄爬，她伸出雙手，抵著了攔在她前方的光牆，一步一步往前推進。

「注意，這女魔頭要出全力了！」上百名協會成員同時感到邵君發出的那股怪力，大夥兒在各自領隊帶領下，也鼓足全力施術加持光牆，試圖困住邵君。

魏云見到在那邵君巨大魔力破壞下，困魔陣的光壁出現一道道裂痕，她便往那困魔陣奔去，揚起手中幾支閃閃發光的銀針，在幾處最爲醒目的裂縫周邊刺上幾針，一根根銀針針尾閃耀著光芒，又將那裂縫壓實併攏。

「綁、綁、綁、綁、綁！」何孟超也同時發力，比手畫腳抖出一條條白色粗繩，將那困魔陣外側緊緊捆縛拉緊。

魏云像是修補工般，飛快挪移身形，在困魔陣四周縫補裂縫，再讓後方何孟超捆上白色繩索、補上白色水泥。

「阿君、阿君，妳打得怎樣？打死何孟超跟那新加坡醫生了嗎？」莫小非的聲音，又一次在張意耳際響起。

摩魔火知道張意能透過這些怪蚊子和細絲反向感應黑摩組等人動靜，便也一直未殺死張意褲管裡那蚊子。

「我叫宋醫生去幫妳，妳這次別再玩囉，免得安迪不高興。」莫小非這麼說。

「師兄、師兄……」張意聽莫小非這麼說，同時便也感到航廈某個地方有股黑夢力量突破了何孟超的結界，又一個強大傢伙將黑夢帶入航廈內部。「他們又來了一個！」

「什麼？」摩魔火循著張意指的方向望去，只見那頭雪白廊道閃動起奇異紅紫妖光，一片片黑色黴斑飛快爬出。

「注意，宋醫生來了！」何孟超也同時察覺出那股強大力量，他此時一手指揮白色結界抵抗黑夢、一手協助魏云強化困魔陣，見到宋醫生一身休閒裝扮遠遠走來，可是心急如焚。

「喀！」宋醫生將手從口袋抽出，輕彈了記手指。

轟隆一聲，協會眾人腳下陡然隆起一處約莫兩坪大小、數十公分高的小丘。

「哼！」何孟超哼地一跺腳，那隆起處立時恢復原狀。

「喀喀！」宋醫生彈了兩記手指。

「哇！」兩隊協會成員腳下都隆起同樣的小丘，將周圍的人震得東倒西歪。

那兩處小丘再次被何孟超壓平。

轟隆一聲巨響，隨著宋醫生第四記彈指隆起的第四座小丘，啪啦裂開，竄出一隻大手。

大手一把抓住了一名協會成員的腰，和另一名協會成員的大腿，將那兩人高高抓起，猛力一捏。

腰部被抓著的協會成員吐出血來，腰腹整個被捏癟，另一名協會成員的大腿卡在怪手指間，也被捏得骨斷肉裂。

兩人哀號聲響徹雪白大廳。

所有人都清楚見到，宋醫生彈指那手同樣空空如也，他也摘下了整隻手戒指。

魏云捏著數支銀針，攔到了宋醫生面前，她彎伏著身子，像是隻蓄勢待發的貓，卻不知該如何發動攻勢。她知道自己與這黑摩組五人力量差距之大，絕非單憑熱血或是正義能夠扭轉。

「久仰大名，魏醫生。」宋醫生呵呵笑著說：「眞是遺憾在這種情形下跟妳見面。」

「除了戰鬥之外，我跟你應該不可能在其他情形下有任何交集的。」魏云冷冷地說：「傷人和救人，如何能有交集？」

「哦？」宋醫生繼續笑著，又接連彈了幾記手指。

魏云身後一處處地板轟隆隆地隆起，一隻隻大手竄出，不時有協會成員被大手高高抓起，捏得骨斷肉爛。

「大家分散開施咒，別讓邵君出來——」何孟超見到那宋醫生出手，將正全力施展困魔陣的協會成員，抓得兵慌馬亂。

困魔陣那厚實光壁發出轟隆隆的聲響，巨大魔力將整座航廈都震得嗡嗡作響，裡頭的邵君正全力揮拳，試圖突破光壁。

「妳的針，無法傷人嗎？」宋醫生再次彈指。

魏云腳下轟隆一震，地板竄出巨手，將她托上半空。

巨手猛地捏合，幾隻粗指只握到一半，便停下了動作——魏云飛快在指根部插了銀針，阻止手指捏合，她飛身躍起，朝著宋醫生擲出數支銀針——全被宋醫生身前立起的大掌擋下。

「我傷人的目的是爲了救人；你傷人的目的，是爲了獲得更大的力量，進而傷害更多人。」魏云這麼說。

「師兄，又來一個！」張意尖叫。

轟隆一聲爆炸自落地窗方向發出，一面化爲雪白壁面的落地窗向內爆開。鴉片瞪著雙眼凶猛衝向那些施展困魔陣的協會成員人群，揪著人就打。

此時他同樣也摘下多只戒指，一拳一腳都帶著開山破石之力，拳腳所及之處，協會成員的身體全成了肉靶，被拆得四分五裂。

「哇——」協會成員驚恐哄散開來，數支小隊同時撤去了陣勢，轉向對付鴉片。

邵君因此一爪擊穿光壁，像是撕裂先前白壁般地撕裂了這困魔陣光牆。

「長門小姐，我們快撤……」摩魔火見情勢不妙，急急拉動蛛絲，操使著張意去挽長門胳臂。

長門急撥戒弦，令神官翻譯：「這些人怎麼辦？父親還沒醒嗎？」

「他們只能自求多福了。」摩魔火拉動蛛絲，操使張意拉動長門後退，說：「我想伊恩老大還是睡著好，這裡沒有古井魄質，他醒來也未必打得贏這三個魔頭，要是他全力揮刀，弄壞了手，或許沒有下一個魏云替他針灸了……」

摩魔火還沒說完，只見一股劇烈暴風自被鴉片衝破的裂口灌入整個大廳。

暴風劇烈颳捲，風中還帶著一隻隻蚊子，逢人就叮——

大廳之中還不停噴灑著回魂羅勒藥液，勉強保護著眾人心智，但那些蚊子能夠直接將黑夢力量注入人體，在一隻隻蚊子叮咬之下，對黑夢抵抗力較差的人，立時轉向對夥伴發動襲擊。

何孟超身處眾人中央，見結界毀壞、防線崩潰，儘管憤恨不甘，卻也無計可施，他見到身邊一個個手下被那黑風颳過，被黑夢力量灌入口鼻，被蚊子叮咬；有的抱頭尖嚎起來，有的立時反目亂打。

之前台北分部那時的慘烈景象彷彿再次重現。

「師兄，哇——」張意被那陣黑風迎面吹來，連忙低頭閉眼，只感到身子與長門撞了個滿懷，長門在這陣黑夢暴風襲擊下，身子一軟，登時失去戰意，僅能靠著摩魔火的絲針與張意交換體內魄質，勉強維持心智。

張意怕被蚊子鑽進眼睛，一直不敢睜眼，但卻仍然能夠將周遭建築「看」得一清二楚。這是由於黑夢力量灌入了整棟航廈，而他身上又被超過百隻蚊子叮著，讓他與黑夢完全「連線」的緣故。

摩魔火以蛛絲將七魂、伊恩斷手、神官，以及長門的三味線，全纏成一塊兒，塞進長門懷裡，且指揮著張意一把抱起長門，全力狂奔逃跑。

「外面……出不去嗎？」摩魔火縮小了身子，躲在張意頭髮裡，不受蚊子叮咬，他指揮著張意奔到幾扇落地窗邊。

由於何孟超的白色結界在鴉片、邵君和宋醫生以蠻力強攻下，已經逐漸瓦解，雪白褪散，摩魔火也得以看出窗外；只見航廈外側已經築起一圈高聳的黑夢建築，且還持續颳捲著強烈風暴，他只好指揮著張意轉向，往航廈深處奔逃。

「哇！咳咳咳——」張意跑了半晌，張開嘴喘氣，嘴巴吸入大批蚊子，嚇得他連吐好半晌口水，不停吐出蚊屍，再也不敢張口，繼續抱著長門轉頭逃跑。

跟著，他感到背後有股凶氣飛快逼近。

他依舊閉著眼睛，甚至不用回頭，就「看見」了追近的那傢伙。

是那吐著舌頭、興奮瘋笑的邵君。

「喂，你們那邊好了沒？安迪在問了啦。」莫小非的聲音四面八方地響起。

「一瞬間就解決了。」宋醫生的聲音也開始在張意耳邊迴盪起來。

在黑夢力量中，黑摩組幾人能夠遙遠地溝通，而張意身上被成千上百的蚊子叮著全身，那些連著絲線的蚊子彷如成了黑夢「後門」，讓張意能夠清楚知道附近黑摩組成員的一舉一動。

「殺死何孟超了嗎？」莫小非問。

「他跪在我眼前，有必要殺嗎？」宋醫生說：「還是說，安迪希望我殺他？」

「安迪說如果黑夢已經生效，魏云跟何孟超最好留下活口。」莫小非說：「因爲剛剛何孟超在那邊鬼叫，我們切斷了他們會議連線，加上你們那邊好像裝著能夠感應黑夢的探測器，剛剛一堆人打死蚊子時，黑夢被偵測出來，他們英國總部那邊立刻就收到警示消息……所以他們有點起疑，我們需要何孟超跟魏云本人出面解釋，叫他們說剛剛機器故障，嘻嘻。」

「沒問題。」宋醫生說：「何孟超跟魏云現在就乖乖跪在我面前，隨時可以進行視訊會議。」

「他們樣子沒有太慘吧。」莫小非哈哈笑著說：「斷手斷腳可不行喔！」

「還好。」宋醫生說：「魏醫生就算打架，也優雅得很，只是頭髮亂了點；那個何孟超……受了點傷，他肚子上插了把匕首，嗯……那應該是妳下的命令吧……不過套上外套可以遮起來。」

「好。」莫小非繼續說：「鴉片，安迪要你回頭守著那些石箱子，他擔心清泉崗還有伏兵。邵君，安迪要妳把清泉崗裡裡外外都翻一遍，把所有躲起來的傢伙全找出來，別讓他們有機會向外求援。」

「嘖……」鴉片沒有應話。

邵君則是笑咪咪地說：「我已經鎖定目標了，他跑得好快呢。」

「師兄、師兄、師兄……」張意驚恐地說：「她在背後，她一直追著我！」

「別跑了——」邵君此時也能透過黑夢力量，聽見張意的聲音，但張意就在她眼前不遠，她便直接對張意喊話：「小子，你逃了那麼久，不累嗎？」

「累啊，但妳們一直追，從台北追到台中，我只好繼續逃啊！」張意這麼說。

「沒出息的傢伙！」摩魔火氣憤說：「晝之光的男兒得學會轉身迎戰——不過不是現在，你得考慮長門小姐和老大的安危，下次有機會師兄再教你轉身迎戰瘋婆子！現在先想辦法逃出去，哇，死路！」

這航廈終究有空間限制，摩魔火操縱著張意一路竄逃，逃至航廈地下室裡一條廊道末端，前方只有男女廁所和茶水間。

而邵君已經來到了他們身後十數公尺處。

「師弟，或許……我們剛剛應該叫醒老大的……」摩魔火嘆了口氣。「讓老大拿著七魂痛快斬死這些王八蛋，也好過這樣死得不明不白……咦，你還跑啊！前面是死路！」

「有門啊！」張意滿臉蚊子、閉著眼睛，全憑腦袋裡對黑夢的感應，摩魔火不再控制他雙腳，他便自己加快腳步，摟著長門奔入男廁。

男廁裡有數間廁所隔間，他拉著長門奔入最後一間。

「你想跟我玩捉迷藏嗎？」邵君哈哈笑著走入廁所，伸手推開第一間隔間廁所，說：「放心，你們想死，我們還捨不得呢。一個是晝之光繼任者，天生擁有抵抗黑夢的體質；一個是伊恩養女，夜天使第一號殺手，都是珍貴的寶物呢……」

「去你媽的，別漏了我，我是夜天使教頭之一，摩魔火大人——」

摩魔火的聲音憤怒飆來，但邵君在推開第二扇隔間門後，眼前就只剩下第三間隔間，但摩魔火的聲音聽來，卻像是從遠方傳來一般。

邵君推開第三間隔間，裡頭空空如也。

「啊？」邵君訝然見到第三間隔間廁所一面牆上，竟多出一扇歪歪斜斜敞開的門。

張意的腳步聲，正自那歪斜小門裡傳出。

「這什麼機場這麼奇怪？怎麼廁所隔間裡面竟然還有門？」摩魔火仍盤踞在張意頭髮裡，他以毛足撥開張意頭髮，只見前方廊道蜿蜒曲折、模樣古怪漆黑。

「唔、唔唔……」張意緊閉眼睛、抱著長門往前急奔，逃了好一陣，感到邵君似乎停下了腳步，這才放緩腳步，喘氣休息。

且也睜開了眼睛。

卻嚇了一大跳。

「啊！這什麼地方啊？」張意左顧右盼，只覺得這甬道古怪曲折，像是喝醉了的土撥鼠挖出的洞一般。

「這是黑夢結界？」摩魔火也感到詫異。

「不……」長門撥動戒弦令神官回答，同時，她自張意懷抱裡掙下地來，扯開蛛絲，取出自己的三味線和銀撥，虛弱地蹲地喘息，盯著甬道那一端，有一下沒一下地彈著弦。

神官繼續翻譯：「長門小姐說，這是張意先生自己造的結界，她在張意先生懷中感應得出來，這是伊恩老大教過他的結界法術。張意先生在逃跑時，無意間施展了出來。」

「什麼？」張意捧著七魂和伊恩斷手，看著自己手掌，不可思議地說：「我……我造出的結界……哇！」他翻了翻掌，只見手背上還攀著大群蚊子，連忙甩手拍頭。

「別全打死！」摩魔火連忙提醒張意。「你可以透過那些蚊子追蹤那些傢伙，快『看看』那些傢伙現在追到哪啦。」

「對喔！」張意聽摩魔火這麼說，連忙再次閉起眼睛，專注感應周遭氣息，他微微驚呼：「我跑了這麼遠？」

此時他只感到自己距離那航廈有數百來公尺遠，像是鑽入了清泉崗機場跑道地底般。

且他能夠清楚感應出，自己身處的這條地下甬道，並非單單一條曲道，而是一處有著十數條交錯分支的小型地穴。

「我造得出這種結界？」張意不可思議地再次望了望自己手掌，輕輕往牆上一按，果然感到壁面有種難以言喻的感應，是種彷彿能與自己的手掌融合爲一的親切感，他喃喃地說：「老大確實教過我怎麼造結界，但我不知道竟然眞的可以——」

「臭張意，會造結界了不起啊，你快給我滾回來——」莫小非的聲音陡然在張意耳朵旁響起。

「哇！」張意嚇得身子一彈，腦袋都撞上這低矮狹小的甬道頂端。「哇，那食人女又追來啦——」

張意還沒說完，邵君的腳步聲果然再次自甬道另一端隱隱響起。

他與長門立時加快腳步往前，才走幾步，眼前便也無去路。

「師弟，這結界是你造的，你得繼續造，才有路可走呀！」摩魔火急急地說。

「什麼？」張意在眼前那片土壁上拍拍打打，嚷嚷起來：「我……我不會呀！」

「你不會？」摩魔火大叫：「那你剛剛這些隧道怎麼挖出來的？」

「我……我不知道，我剛剛一直閉著眼睛亂跑呀！」張意驚恐叫著。

邵君已經來到距離他們十數公尺外，遠遠望著他們。

長門撥出幾團銀球，化爲銳矛，倏地往前飛竄，全讓邵君揮臂格開。

「那你再閉起眼睛亂跑試看看！」摩魔火這麼說。

「這……」張意還想說些什麼，只覺得眼前一黑，竟是摩魔火放出一片蛛絲，像是眼罩般遮住了他雙眼。

他驚慌失措，但同時感到四周「視野」反而更清楚了。他感應得出自己這彷如地鼠洞穴般的結界各處分支岔道，也感應得出邵君、鴉片和宋醫生每個人的位置，和黑夢的動態——

黑夢的力量隨著那些殘餘在他身上的蚊子，進入這地底洞穴，邵君還引入更多黑夢力量，像是想要一舉將他和整個地底洞穴一舉殲滅般。

他正焦急時，感到雙肩一緊、後背一沉，是長門攀了上來——長門儘管頸際還插著摩魔火的蛛絲針，與張意交換魄質，但身子稍稍離遠，立時被黑夢力量震懾，只得趕緊抱上張意後背。

張意揹著長門，不知所措，他剛剛憑著本能閉眼亂逃，壓根沒想到自己正在造結界，但此時眞要他造結界，反而什麼也造不出來，原地跳腳半晌，陡然感到邵君的力量迅速逼近，嚇得褲襠一熱，尿了出來。

「師弟！」摩魔火愕然大叫，只見本來前方看似到了盡頭的甬道土壁，竟無端端多了扇門。

張意立時撞開門，門後，又是另一條嶄新的甬道。

過去許多年，當孟伯一方的友人、叔伯與敵對道上勢力談判時，張意時常受命帶著阿四和凌子強趕往聲援助威，有時一言不和、擦槍走火而產生的打架械鬥，他可經歷過數十次之多。

在他的回憶走馬燈裡，自己強悍地與敵人正面搏鬥硬戰的記憶幾乎不曾存在過。

相反地，一次又一次，心跳被逼至極限，像隻受驚老鼠般東竄西逃，鑽進車底、躲進廁所、跳入下水道，竭盡所能地遠離危險的經驗，卻數也數不完。

這種經驗和本能幾乎埋入他血肉、刻進他骨頭、深植在他的腦海裡，使得他在感應到邵君追來、嚇到漏尿的瞬間，本能地和過去一樣，再一次地找到了新的逃亡路線。

以前他總是認爲自己除了腿快之外，也天生好運，總是能夠在追兵抵達的前一刻找到退路，例如一個小狗洞，或是一扇門，或是一扇窗——

原來並非偶然。

他在精神被催逼到極限時，對於一扇可以讓他逃脫的門、窗、小洞，或是窄道的極度渴望，與他那與生俱來的結界天賦，無意識地融合而不經意地展現出來。

他卯足了全力快速地奔逃，他可以造出屬於自己的逃亡路線。

「哇——」張意突然怪叫一聲，覺得腳下踩空，往下墜去。

他摔在堅實地上，由於他還揹著長門，因此這一摔摔得極重，他覺得自己腳踝劇痛得像是被刀斬過一般。

他眼上還蒙著蛛絲，什麼也看不見，但摩魔火和長門卻看見了。

這空間僅約一、兩坪大，四面徒壁，全無去路。

像個特製的陷阱一般。

原來張意在地底憑著結界本能沿途造路亂逃，由於他無意間造出的地穴結界甬道裡有許多岔路、四通八達，令邵君感到眼花撩亂。她索性放緩腳步，一面透過黑夢感應張意逃亡方向，一面指揮黑夢力量從外側圍堵，逼他繞了一大圈之後，又繞回航廈周邊的黑夢建築群底部，且在摸清了張意逃亡路徑之後，在前方造出一處陷阱，將猶如無頭蒼蠅般的張意一舉逮著。

「終於逮到你們囉。」邵君在牢房上方的空洞邊單膝蹲下，望著底下的張意和長門。

「哇啊——」張意扯開臉上蛛絲，摀著腳踝哀號幾聲，見到邵君蹲在上方瞅著他笑，嚇得哆嗦尖叫，整個人往後一退，撞在牆上。

他背後壁面被這麼一撞，竟唰地又出現一道低矮鐵門，且還是半敞，張意哎呀一聲，滾進那門裡。

長門也順勢翻了進去，還將張意伸在門外的腿拉進門裡，再將門重重關上。

「什麼！」邵君不可置信地躍入那石牢裡，雙手按著地面，全力催動黑夢往那小鐵門逼去，她見那面小鐵門歪歪斜斜地嵌在牆上，接近地面處還有一處透氣方孔，方孔格外歪七扭八豎著幾支欄杆。

她蹲低身子，透過那方孔欄杆縫隙，望著縮在裡頭的張意。「小子，你在黑夢裡還可以打造自己的結界，想開門就開門？」

「我……我不知道……」張意痛苦地挪移身子，想盡量離門遠些，他只覺得這小空間不僅狹窄，不足半坪，且十分低矮，不到一公尺高。

他反手繼續拍牆，就盼再拍出一扇新門，讓他絕地逢生，但門外邵君卯足了全力催動黑夢，張意只感到這小空間的上下左右，全凝聚著巨大黑夢力量，將這小空間團團包圍。

「磅、磅、磅、磅——」

幾聲巨大得幾乎要震破張意耳膜的搥門聲，迴盪在整個小空間中。

那鐵門東凹一塊、西陷一坑，外頭的邵君掄拳猛擊，卻怎麼也擊不破這鐵門，她矮下身揪著那透氣方孔上的欄杆猛力拉扯，同樣拉不開也推不動，僅是將欄杆拉得微微彎曲。不由得驚呼咋舌：「眞是不可思議……」

「小非，安迪忙完了嗎？」邵君透過黑夢力量，將眼前所見的情形告訴莫小非。

「沒哩！」莫小非說：「安迪還忙著跟宋醫生，指揮何孟超跟魏云連線開會呢，他們想要騙過英國總部那些人，讓他們以爲台中港跟清泉崗一點事也沒有，要是成功了，協會幾支援軍全都會撤退，但物資還是會持續運進來，嘻嘻。」

自然，莫小非與邵君的對話，張意也聽得一清二楚。

但此時他連膀胱都早已嚇空，懷中的伊恩斷手持續沉睡，摩魘火、長門和神官都因這近距離的強烈黑夢影響而暈眩失神。他腦袋空白一片、不知所措。

他覺得自己像是回到了許多年前那個恐怖的雨夜。

當時，喪鼠帶著一票凶神惡煞打死了他哥哥，追到他藏身的小倉庫外，轟隆隆地搥門砸牆，想要破門而入，將他也揪出來打死。

「小子，到了這時候，你還想反抗？」邵君皺著眉頭，使力拉動鐵門，依舊無法將門打開——那小小的容身空間，堅固得像是一座超級保險箱般。

「原來這就是我的能力……」張意躲在小空間裡，聽見外頭邵君那焦惱語氣，驚恐之餘，卻又有些啼笑皆非。「不但喪鼠進不來，連這個食人魔……跟黑夢也進不來……」

「是嗎？」邵君兩隻手，抓住了小方孔上的欄杆猛力拉扯，將兩支欄杆拉得分開了些，跟著將她那可怕大怪手自縫隙伸入。

「哇！」張意駭然摟著長門往角落縮，只見邵君自欄杆縫隙擠入的那右臂筋脈浮凸蠕動，怪異大掌上十隻手指看來窮凶惡極，指甲尖銳嚇人，彷彿稍稍被劃過，就要皮開肉綻。

「媽的……」邵君用彆扭的姿勢將手伸入，但那方孔幾支欄杆堅韌異常，使她的手僅能深入一截。她張揚怪爪，胡亂扒抓，突然感到指尖像是搆著了東西，立時彎指一勾，將那東西抓來，只聽張意怪叫一聲，啪啦啦一陣東西落在地上，都是些隨身雜物。

邵君歪著頭，透過方孔欄杆往裡頭細看，這才知道原來她抓著了張意的背包。

突然一個東西自那背包上滾落在地，竟是伊恩斷手。

斷手獨目依舊緊閉，一動也不動地癱在地上。

邵君屏息數秒，見那斷手沒有動靜，便抖落背包，彎臂想去撿那斷手，但還沒觸及斷手，心中陡然有所警覺，連忙飛快抽手。

只見小方孔中紅光閃動，然後又無動靜。

她吁了口氣，望了望自己右手，知道此時伊恩雖然昏睡，但七魂仍醒著，剛才她要是眞撿起伊恩斷手，說不定自己的手就要被七魂中的切月斬下了。

她稍稍湊近小方孔，見到張意正急忙地撿起伊恩斷手。

摩魔火跟神官都癱軟昏死，也被張意撿起，跟雜物一同塞進背包裡——

「老大……你快醒醒啊老大……」張意哆嗦著輕輕拍了拍伊恩斷手。「嗚、嗚嗚……」

「小子，你嚇哭啦？」邵君伏在地上，像隻凶猛貪婪的惡虎，盯著小空間裡的張意。

「……」張意默默無語，不理門外的邵君。

他感到身邊的長門發出一陣一陣的顫抖，便將她摟得更緊些，他覺得現在的自己沒用極了。然而，那比他有用一百倍、一千倍的何孟超和魏云，早已被黑夢擊潰，此時正在宋醫生控制下進行假會議。

他是最沒用的人，卻也是整座清泉崗機場裡，唯一清醒不受黑夢影響的人。

「老大……你聽得見我說話嗎？你還要睡多久？」張意將伊恩斷手和摩魔火擺在一起，他太希望現在伊恩能夠醒來，像先前一樣拿著七魂斬開這黑夢，斬裂這些可惡傢伙。

他瞥了瞥倚在牆旁的七魂刀，見到雪姑的銀絲還連著伊恩斷手小指，想起剛剛切月差點斬去邵君的手，便也不敢大力拍打伊恩斷手，深怕切月連自己一起斬。

「你乖乖出來，我保證不殺你。」邵君呵呵笑著說：「嗯，也保證……絕不傷害你，行了吧。」

「幹！妳當我白痴啊，誰會相信妳們說的話……」張意像個國中生般頂嘴，隨手從地上摸回那些掉落的雜物，他摸著原子筆和口香糖，便都扔下，摸著符籙藥物和小玻璃瓶，則塞進懷裡——這些裝著咒術的小玻璃瓶，是他此時此刻唯一擁有的武器，但他清楚知道，這些瓶子對眼前的邵君或許起不了半點作用。

跟著，陡然之間，他感到全身一陣酥麻。

一種比透過蚊子偷聽莫小非講話、閉起眼睛感應黑夢力量更爲開闊的視野竄過在他眼前。

但僅是一瞬間而已。

他呆了呆，一下子還不明白發生了什麼事。

他低下頭，望著懷中雜物。

他的視線停在莫小非那只戒指上，他在撿拾符籙瓶罐時，無意間摸著了那只戒指。

一瞬間，他像是有些明白那酥麻的感應、那開闊的視野究竟是怎麼一回事。

黑摩組五人，各自擁有能夠控制黑夢的道具，當那道具遺失或是損壞，艾莫和麗塔也能造出新品。

當時華西夜市一戰，硯先生從莫小非手中搶走了這只戒指，又在忠孝橋大戰時，連同外套一齊掛在張意那大鐔揹架上。

後來張意抵達三重晝之光基地後，扔去了外套，卻留下這戒指，他在把玩之際，隱隱感到這戒指裡似乎蘊藏著奇異的力量。

伊恩好幾次見到張意把玩戒指時露出的呆滯神情，知道這戒指或許藏著破解黑夢的祕密，便任由他探索，僅囑咐他不可大意。

此時此刻，大意與否，似乎也無所謂了。

張意將戒指戴上小指。

「唔！」他感到全身發出一種怪異酥麻感——先前他也戴過數次戒指，雖然也有所感應，卻從未如現在這般清晰，因爲先前他戴上戒指時，並未身處黑夢之中。

此時，是他第一次在黑夢裡戴上這只能夠操控黑夢的戒指。

即便沒有透過方孔看邵君，他也能夠清楚看見邵君的模樣。

邵君仍然維持著獵豹的姿勢盯著他，他趕緊將手壓低些，不讓邵君知道自己此時的動靜。

然後，他覺得視線竟然能夠自由自在地拉近和拉遠——

他看見了鴉片。

鴉片扠著腰，站在遼闊的田野間，不耐地左顧右盼；鴉片身後是一處奇異大陣，陣中堆放著一個個石箱，張意還記得先前莫小非透過那些蚊子，聽說魏云想要破壞那些大陣和石箱，這才強行發動攻勢，否則，她們可以透過這些黑夢蚊子，逐步叮咬控制清泉崗所有人。

又跟著，他看見了宋醫生。

宋醫生正扠著手、閉著眼睛，站在航廈臨時會議室外頭。

會議室裡，是何孟超、魏云，和幾名層級較高的協會外援領頭。

在宋醫生以黑夢力量控制下，何孟超和魏云正一本正經地開著視訊會議，聲稱剛剛訊號斷線和黑夢探測異狀，是一場小火災引起了儀器故障，已經處理完畢。

接著，他看見了身處台中港的安迪和莫小非。

安迪與宋醫生一樣，正指揮著秦老等人開會，莫小非則嘻嘻哈哈地控制著黑夢蚊子，與宋醫生、鴉片和邵君閒話家常。

他聽見邵君和莫小非說起他的情況。

莫小非要邵君再等一會兒，等安迪開完會，親自過來處理。

張意吸了口氣，只想躲得越遠越好。

他這奇異視野飛離了台中港，倏地又拉回清泉崗。

他見到清泉崗機場外幾排民宅，聚著長長一排人，人人面無表情、神情呆滯，其中有些人的臉孔他認得——

是青蘋、盧奕翰、夜路、穆婆婆、孫大海、安娜、郭曉春等人……

他們身上都停著幾隻蚊子。

「大家都……」張意見到那先前在宜蘭蘇澳一同並肩作戰的傢伙們，此時全都成了黑夢禁臠，不禁絕望。

「是誰？」

一個張意從未聽過的聲音，自很遠、很遠的地方傳來。

「呃？」張意驚恐地不敢作聲。

「是誰？」

那聲音聽來，不像人類，反倒像是卡通裡的鴨子。

「……」張意依舊不敢應話。

「說話啊，你到底是誰？」那聲音有些不悅：「你們……終於成功啦？怎麼不說話，呵呵呵呵……我是不是應該……恭喜你們吶？」

「……」張意全然不明白那些話的意思，甚至不確定那人是否眞是在對他說話，但他很快地感應出那說話聲音的來源。

他的視野飛快地往台中港飛去，飛出了台中港外海，繞了個彎，來到苗栗通霄漁港，他見到漁港周邊有十餘輛巨型貨櫃車，每一輛貨櫃車的車燈都是血淋淋大眼睛，車輛周遭飛繞著大批蚊子，有批守衛駐守在周圍。

張意這才知道，安迪他們就是從這兒放出蚊子，從海路避開協會的陸上封鎖線，透過蚊子尾端的絲，直接將黑夢力量引進台中港和清泉崗。

跟著，張意視野繼續飛梭，經過了新竹、桃園和新北，倏地往他過去最熟悉的地盤飛去——

西門町。

此時整個台北，尤其是西門町的模樣，與過去已經截然不同。

整片黑夢巨城高聳遼闊得如同電玩漫畫、或是奇幻電影裡的神宮魔城。

他的視線飛到了黑夢巨城最高的那一座樓頂端。

同。
他見到頂樓有花有草，彷彿是一座漂亮的自然公園。跟著他的視線往樓頂墜下，穿過了小花園、穿過了每層樓，每層樓的模樣都大不相
有怪異變態的酒吧、有遍地鮮血的健身房、有奇異的醫院手術房……條——他的視線停留在一個奇異小房間裡的正上方。
小房間只有一張小床，床上躺著一個怪模怪樣的「人」。
說是人，其實只有一顆頭。
說是頭，看起來卻大如橫擺的水桶。
床上大怪頭下方，擺著一具古怪草紮身軀。
大怪頭的臉孔中央，擠著小小的五官，一雙眼睛被細線縫上，嘴巴卻緩緩張開，說：「你是誰？」
「我……我是張意……」張意莫可奈何，知道這東西確實在對他說話，只好說：
「你……你又是誰？你也是黑摩組的人？」
「黑摩組？什麼是黑摩組？沒聽過！你這爛小子新來的？你連我是誰都不知道？」

那大怪頭的一張小嘴巴，嘟嘟囔囔地唾罵起來——

「我是壞腦袋！」

《日落後長篇09》完

After Sun Goes Down

日落後

下集預告

四指研究了數百年也無法突破壞腦袋腦袋裡的第十道鎖，
竟被張意解開了。
這個最沒用的人，終於得肩負起拯救所有人的重責大任！

日落後 / 星子著. -- 初版. -- 臺北市 : 蓋亞文化, 2016.07
冊； 公分. --（悅讀館）

ISBN 978-986-319-219-0（第9冊 : 平裝）

857.7 105004168

悅讀館 RE343

日落後 長篇 09

作者／星子（teensy）
插畫／BARZ
封面設計／克里斯
出版／蓋亞文化有限公司
地址◎台北市103赤峰街41巷7號1樓
電話◎（02）25585438 傳真◎（02）25585439
網址◎http://gaeabooks.pixnet.net/blog
粉絲團◎https://www.facebook.com/Gaeabooks
電子信箱◎gaea@gaeabooks.com.tw
投稿信箱◎editor@gaeabooks.com.tw
郵撥帳號◎19769541 戶名：蓋亞文化有限公司
法律顧問／宇達經貿法律事務所
總經銷／聯合發行股份有限公司
地址◎新北市新店區寶橋路二三五巷六弄六號二樓
電話◎（02）29178022 傳真◎（02）29156275
港澳地區／一代匯集
電話◎（852）27838102 傳真◎（852）23960050
地址◎九龍旺角塘尾道64號龍駒企業大廈10樓B&D室
初版一刷／2016年07月
特價／新台幣 220 元
Printed in Taiwan

GAEA
ISBN／978-986-319-219-0

Gaea

Gaea